小学館文庫

鋳物屋なんでもつくれます

上野 歩

小学館

鋳物屋なんでもつくれます　目次

プロローグ

三歳のルカは、危ないからそれ以上近づいてはいけないというところに立っていた。そうして湯《ゆ》の色を一心に見つめ、「うっちゅちぃね」と口にした。美しい——誰に教え込まれたのかそんな言葉を使う幼いルカに、勇三《ゆうぞう》は思わず笑みをこぼす。そうして、ひとりの男の子の姿を二重写しにしたものだ。

そのルカも、高校生になると現場でアルバイトをするようになった。自分のかわいい孫だからこそ、理想の動きができないと、「なにやってるんだ！　そのぐらいのことができなくてどうする！」と、こっぴどく叱りつけてきた。

だが、近頃は声を荒らげることもめっきり減っている。大学生になってすっかり仕事に慣れたルカは、勇三の考えを読んで動くようになっていたのだ。

しかし勇三は、久し振りに癇癪《かんしゃく》を起こした。

「いいかルカ、おまえは俺と同じ状況にいる。現場がうるさいなんざ関係ない。集中していれば、おまえにも俺がなにを考えているか分かるはずだ。俺が口に出して言う前に、〝ああ、そういうことか〟とすぐに察して、さっさと動け！」

火を扱う注湯所《ちゅうとうじょ》では、少しでも気を抜けば怪我につながる。俺の考えが分からないのは、真剣さが足りないからだ。

だが、ルカのほうは、久し振りに怒鳴られたことできょとんとしている。

そう、今の段取りにしたって、大声を出すほどのことではないかもしれない。確かに、ルカは着実に仕事を覚えてきている。だが、まだまだ教えなければならないことが山ほどあった。自分ももう齢《とし》である。どこまで手ほどきしてやれるか分からない。その焦りが、怒鳴り声になってしまったのだ。

「キレエな色だね」

そんな勇三の気持ちなど知らぬルカが、溶解炉《ようかいろ》のるつぼの中を見つめながらうっとりと言う。

「おまえがチビ助の頃、湯の色を見て、〝美しいね〟って言ってたんだぞ。ちゃんとしゃべれない口で〝うっちゅちぃね〟ってな」

厳《いか》つい顔の祖父が幼児の言葉を真似《まね》たので、ルカがぷっと噴き出す。そのあとで、ふたりして笑い合った。一方で勇三の中には、〝美しいね〟という言葉とともに、また男の子の姿が浮かんでいた。

「へー、〝美しい〟か。なんか生意気だね」

幼い頃の自身について、ルカが呑気《のんき》に感想をもらす。

「ルカは、湯の色を見てなにを思い出す？」

「夕陽《ゆうひ》かな。それも真夏の」

緋色《ひいろ》に照り映えた横顔でそう言う。

「湯面を見てみろ、亀の甲羅《こうら》のような模様が現れているだろう。いい湯はこうなるんだ」

ルカは、いつまでも見飽きることなく視線をそそいでいた。

「おまえ、幾つになる？」

「二十歳《はたち》だよ。この間もユウジイに同じこと訊《き》かれて、応《こた》えたのに」

「そうだったか」

と勇三は照れ笑いした。そして思う、せめてこれだけは俺がじかに教えておくことにしよう。

「どうだ、流し入れをしてみるか？」

ルカが目を輝かせてこちらを見た。

第一章 ―― 太陽

1

鋳物屋《いものや》は、溶かして液体状になった金属を溶湯《ようとう》あるいは単に湯《ゆ》と呼ぶ。湯の色は赤味がかった強い、いや、激しいオレンジ色だ。真夏の日没時の太陽の色。海面をぐらぐら煮え立たせながら水平線に消える一瞬、沈むまいとする太陽のためらいが、茜色《あかねいろ》をさらに鮮やかにする。西の空に広がる、燃えるようなあの色だ。

作業服姿の清澄流花《きよすみるか》は、肩に掛かる髪をきゅっと結んだ。作業服の色はネイビーブルー、左胸のポケットの上に白い刺繍糸《ししゅういと》で〔㈱清澄鋳造《ちゅうぞう》〕とネームが入っている。二十五歳で営業部に配属されて三年が経過した。二十八歳になった今、現場に立つことは少なくなった。普段はもっぱらビジネススーツ姿だが、時には作業服に身を包み、湯の流し入れをする。この作業をしている時は無心になれた。なにより、スポーツジムで無理に汗をかかなくても、おいしいビールが飲める。

耐火レンガを積んだ溶解炉《ようかいろ》の中には、ひと抱えほどの大きさのるつぼが入っている。るつぼは黒炭製《こくたん》で、光沢のある黒色をし、強力なガスの炎で炙《あぶ》り焼かれる。中では亜鉛と銅が溶けて真っ赤になっている。るつぼから白い煙がかすかに上がっているのは、融点《ゆうてん》の低い亜鉛が燃えているからだ。やがて銅が自分の沸点を目指す。銅が沸点に達する前に、銅と亜鉛の合金である真鍮《しんちゅう》が沸点に達し、るつぼから白い煙が竜巻のように立ち昇る。ルカはさらにガスの火力を強めると、トレーに盛っておいたアルミ片をるつぼに投げ入れる。薄暗い作業場に、かっと陽《ひ》が射《さ》したように白い炎が炸裂《さくれつ》した。極めて融点の低いアルミは、一瞬にして燃え上がるのだ。

「さあ、行くよ！」

ルカは両手をパンと打ち鳴らすと、社員らと自分に気合を入れる。

「はい！」

自分よりひとつ年少の辰沼《たつぬま》が短く応《こた》える。大柄でがっちりした体軀《たいく》、細い目の彼は、注湯《ちゅうとう》の頼れる助手だ。ルカの掛け声を聞きつけた若い社員たちがそれぞれの作業の手を止めやってきて、土間に型を並べ始めた。

現場で湯汲《ゆく》みと呼んでいる柄《え》の長いひしゃくを、噴火口のようなるつぼの中に突っ込む。唇の端につい笑みが浮かんでしまうのは、昨夜、営業帰りにふらりと入った居酒屋風イタリアンで注文したバーニャカウダを思い出したからだ。テラコッタ製の小鍋の中のディップソースは、火に掛けられていた。そこに、自分はニンジンスティックを浸した。カウダ《熱い》という意味のバーニャ《ソース》に。

るつぼの底のほうをすくっては、溶けた真鍮を攪《か》き回す。ダクトからふいごのように空気を送風するため、螺旋状《らせんじょう》に巻き上がる炎は上のほうほど火力が強い。アルミを添加するのは、流動性をよくするためだ。

ルカは湯汲みで、るつぼの表面に上がった比重の軽い不純物をすくい取って、ドラム缶に捨てた。ドラム缶の周りに火の粉《こ》のような金属の滴《しずく》が散る。火の光景は子どもの頃から見慣れていた。恐怖心はない。ただし緊張感はあった。よい製品をつくるための緊張だ。

背後に工場長の石戸谷《いしどや》が腕を組んで立つと、ルカの注湯に視線を送ってくる。手拭《てぬぐ》いで頭を包んだ石戸谷の顔は、白いひげで覆われていた。ひげと眉の間から覗《のぞ》く目には、かつてのようないぶかしむ色はない。湯の流し入れは鋳物師《いもじ》の華だ。ルカが二十歳《はたち》で流し入れを祖父に許された時、石戸谷は経験が浅いと猛反対した。子どもの頃からかわいがってくれたドヤオジは、別人のようにルカにきつく当たった。石戸谷のおじさんを短くして、ドヤオジ。この人は、若い自分に注湯の役割を取られるのが嫌なのだ。ルカはそう邪推したこともあった。だが違った。彼は、危険な流し入れを、女にさせるのがどうにも心もとなかったのだ。さんざんぶつかり合った末、ルカは石戸谷の信頼を勝ち取ることができた。

　るつぼから煮えたぎった真鍮を汲み出す。ひしゃくの柄の先にあるのは、溶けた金属というより炎そのものだ。自分は、炎を型の中にそそぎ入れているのだ。いや、太陽を。この太陽を制しない限り、自分は真の鋳物師になれない、そう信じてきた。

　いずれにせよ、注湯を何度繰り返しても、変わらないことがひとつだけある。湯の色を美しいと感じることだ。

　石戸谷が年代物の国産腕時計にちらりと目をやると、「そろそろいいだろう」と言う。その声で、辰沼が砂型を開けた。砂の中から製品が現れる。まだ熱を持っている金属製品に、辰沼がジョウロで水をかけた。砂から白い湯気が上がり、金属がチリチリと泣く。

「タッちゃん、もういいよ」

ルカが言うと、辰沼が水をかける手を止めた。ルカはペンチで製品をつかむと、流しに持っていき、水を張ったたらいに沈める。

プラモデルのキットを思い浮かべてもらうといいだろう。砂型の中から現れたのは王様の〝王〟の字の形をした、タテヨコ三〇センチほどの金属の骨だ。中骨から横に伸びた骨の先には、左右それぞれにひとつずつ、手のひら大の星型が付いていて、これが製品だ。まあ、手づくりチョコのイメージである。型に溶かしたチョコレートを流し込んで形をつくる。

「旧陸軍さん関連の建物に使うものだってな」

隣にやってきた石戸谷が覗き込む。

「ドヤオジは戦争行ったんだっけ？」

「あのな、俺は東京オリンピックの年に二十二だったんだぞ。戦争に行ってるはずがなかろう」

呆《あき》れたようにルカを見る。

「いったい俺を幾つだと思っとる？」

ルカはちろりと舌先を覗かせた。

東京オリンピックというのは、もちろん四十九年前のことを言っているのだ。そしてほんの数日前の二〇一三年（平成二十五）九月八日早朝、二〇二〇年夏季五輪の開催都市が東京に決定したというニュースが、ＩＯＣ総会が開かれているアルゼンチンから飛び込んできた。

「もっとも、俺も七十一。齢《とし》をとった」

そう言いつつ覆っていた豆絞りの手拭《てぬぐ》いを外すと、見事な禿《は》げ頭が現れた。手拭いで頭の汗を拭いながら石戸谷が、〝王〟の字の金属の骨の先の六つの星型をしげしげと眺める。ひとつの型で六つの製品が取れるわけだ。

「この星、五芒星《ごぼうせい》というらしいな。魔除《まよ》けの飾りだ。弾除け——多魔除けから来てるらしい。戦場に出れば、生と死を分けるのは運でしかない。怪力乱神《かいりきらんしん》であれ採用したくなるのだろう」

「へえ」

ルカは感心する。

「こんな話がある」と石戸谷が続ける。「明治時代、あまりにも天気予報が当たらないから、〝測候所〟と三度唱えれば食あたり予防になると、巷間《ちまた》で取りざたされた」

「ふーん」

「ところが気象観測の技術が徐々に上がり、日露戦争の時になると、兵隊さんは測候所のまじないを口にしてはいけないことになった」

「どうして？」

「たま（弾）に当たるからだ」

そう言うと、石戸谷はひとりで面白そうにうしゃうしゃ笑っていた。

ルカは鋳造の五芒星をじっと見つめる。透かし彫りのように型枠だけのデザインだ。ひと型だけ、試しに注湯して様子を見たが、製品に不良個所はない。

「いいだろう」

石戸谷が頷《うなず》き、残る十二型に注湯すべく、ルカは炉の前に取って返す。清澄鋳造は、特注でこの仕事を請け負ったのだった。もちろん、技術を評価されての依頼だった。

「昔の日本軍に関係した仕事を受けるなんて、ユウジィが生きてたら名誉に感じるかな？」

とルカは訊《き》いてみる。

「さあ、どうだろう」

石戸谷が考えを巡らしていた。

「ユウジィは特攻隊の生き残りだって……」

「親方はなにも話したがらなかったし、俺もよく知らんのだ」

そう言ってから、石戸谷がぐつぐつと煮えたぎるるつぼを見やった。親方とは勇三のことだ。石戸谷らベテラン社員は、勇三を親方と呼ぶ。勇三が亡くなって早七年が経《た》っていた。

「親方の背中の左側には、大きな傷痕《きずあと》があった。俺は、零戦《ゼロせん》の操縦席で受けた傷じゃないかと思っとる」

　祖父の傷痕はルカも見たことがある。左腕の付け根あたりから、蜘蛛《くも》の巣が背中のほうに広がるように白い傷痕があった。

「若き親方は、空中戦の末、敵機を撃ち落とした。その代償として深手《ふかで》を負い、特攻に出られなかった、と」

　そんな過去があるなんて、信じられなかった。祖父、勇三は、自分にとって優しいユウジイだった。優しくて、少し適当なところがあって、時々オヤジギャグじゃない、ジジイギャグを飛ばし、周囲を寒《サム》がらせていた。「なんともなるさ、アイアイサー」が口癖《くちぐせ》だった。どこにでもいるおじいちゃん。ただ、彼にほかの人と違うところがあるとしたなら、それは鋳物屋の経営者だったということだ。短く刈った白髪頭に、白い左右の眉毛がくっつくように濃かった祖父。勇三がこの注湯所で見せる技に、幼いルカは身体すべてで「ええっ！」と驚いていた。言い方はよくないが、そうやって自分を鋳物師にするよう少しずつ洗脳していたのかもしれない。よく言われたものだ、

「ルカ、おまえがここを継ぐんだからな」と。

　ルカは湯汲みを手にすると、ごうごうと音を立てる溶解炉の前に再び立つ。見上げると、二階部分までが吹き抜けになっている、梁《はり》の高い木造の建屋だ。羽目板《はめいた》張りの

壁は劣化して、午後四時近くの陽が射し込んでいるところもある。戦後、千葉の醬油《しょうゆ》蔵《ぐら》を移築したそうだ。炉の前は四〇度を超える。エアコンの設備はないし、だからといって残暑の今、壁の隙間風《すきまかぜ》が涼の役割を担ってもくれない。

ルカは湯汲みの太陽を、辰沼らが並べた型に次々と流し入れた。

木造の注湯所の隣には、鉄筋コンクリート造――とはいえ、こちらも築三十年以上――の四角い二階家が建つ。一階が作業場、二階が事務所になっている。室内にある急な鉄骨階段を上って事務所に行くと、「ルカ」と、正面奥にある、ただひとつこちらに向けて置かれた席の満智子《まちこ》に呼ばれた。その声のトーンで、よからぬ話だろうことが分かる。

「神無月《かんなづき》産業さまがね、冷凍倉庫のドアレバーの単価を下げてほしいって言ってきたのよ。〝海外なら、お宅より安くやるところが幾らだってある〟って」

母親の満智子が、清澄鋳造の社長である。満智子の前には事務机が四つ向かい合わせになっている。ルカは、満智子のすぐ前にある自分の席に向かって歩いていき、無言のまま座った。

「ねえ、ルカ」

なおも言い募る満智子にはなにも応えず、自分のあとから事務所に戻ってくる石戸谷を待つ。彼が向かいの席に腰を下ろすと、ルカの顔を見てにたりと笑った。ルカも笑みを返す。

「ねえ、なにがおかしいの、ふたりとも？」

石戸谷もルカも、すぐに騒ぎ立てる満智子の姿を見慣れているのだ。

「いやあねえ」

そう言いながら、満智子も笑い出していた。すぐに大騒ぎする満智子だが、本当のところはすごくタフだ。彼女は母親の志乃《しの》――ルカにとっては祖母に当たるわけだが――に早くから経理を仕込まれ、財務面から清澄鋳造を支えてきた。

「単価を下げろって言ってきてるんなら、いっそのことやめちゃおうか」

とルカは言って、結んでいた髪を解《ほど》く。事務所はエアコンが効いていて、指ですいた髪の間にすっと冷気が流れ込んで気持ちがいい。ルカは向かいの石戸谷の顔を再び見やる。

「ドヤオジはどう思う？」

「俺がどう思うかっていうより、親方ならどうするかを知りたいんじゃないのかな、ルカは？」

図星だった。

その時だ、机の上の電話が鳴った。ルカの並びに座っている田部井《たべい》千尋《ちひろ》が受話器を取って、二言三言話していた。チヒロは、地元の商業高校を卒業し、清澄鋳造にこの春入社した。長い髪をいつもお団子に結っている。仕事の邪魔になるということか？　もっとオシャレに気を使ったらいいのに、顔立ちが整っているのだから。まあ、構わないという点については、ルカも他人《ひと》のことを言えないのだけれど。

チヒロが電話を保留にすると、「社長、神無月産業さまです」と満智子に向けて声をかける。

満智子が「どうする？」といった目でこちらを見た。

「あたしが出る」

ルカは受話器を取り上げた。

「代わりました、営業の清澄です」

「ああ、清澄部長。先ほど、社長にお伝えした件なんですけど、聞いてます？」

受話器の向こうからいかにも軽い調子の声音《こわね》で言って寄越す。

「単価の件ですよね、聞いております」

「で、どうでしょう？」

「お見積もりを拝見しましたが、弊社には到底呑《の》めない金額です」

「呑めないって言われてもね、海外に出せば……」

「ですから」とルカは相手の声を遮《さえぎ》る。「お断りしようと思うんです」

その返答にひるんだようで、一瞬沈黙していた。が、すぐに態勢を立て直したようだ。

「そんなこと言っていいんですか？」

「今回お受けすると、次回発注の時にはさらに低い額が提示されるんですよね？」

向こうはまた黙っていた。しばらくしてから、「分かりました。では、木型を引き揚げさせていただきます」と告げた。製品の木型を預かっている間、それは次の仕事が保証されているということだ。木型は担保である。

電話を切ると、これでよかったのかな、というかすかな後悔が胸をよぎった。

「その分、新しい仕事を取ってきてよね」

こちらを見ていた満智子がそっけなく言う。

「量産品は規模の大きいところにはかなわない。うちは、ひとつひとつ丁寧なモノづくりをしていかないと」

ルカが言ったら、「この間は、短納期で勝負しないと、って言ってたわよね」と満智子が反発する。

「丁寧なモノづくりをして、短納期も実現するの」

つい向きになって言い返していた。

「まあ、そうなんだろうけど……」

母がため息をつく。

ため息をつきたいのはルカも一緒だった。仕事をひとつ失ったのだ。「単価を下げろって言ってきてるんなら、いっそのことやめちゃおうか」母にそう言ったのはルカだ。そして事実、相手企業の担当者に呑めないことを伝えた。提示した金額を呑めば、次はさらに見積もりの額を下げられる。どんどん消耗していくことは目に見えていた。

「どこまで下請けイジメをしたら気が済むんだ！」と啖呵《たんか》こそ切らなかったものの、断った時には気分がよかった。しかしそれも一瞬で、すぐさま悔やむ気持ちが湧《わ》いてきた。

「さっきの件なんだがな」と石戸谷が口を開く。「親方もきっと断っただろう。それで、アレを言ってたんじゃないか」

「アレ――〝なんともなるさ、アイアイサー〟だね」

思わずルカは祖父の口真似《くちまね》をする。そう、ユウジイもきっとそうしたはずだ。値段が下がり続けるものを追いかける手間と時間を、新たな活路を見いだすのにあてる。婿養子《むこようし》としてこの家に入った勇三は、木型屋だった清澄木型を、鋳物屋に替え清澄鋳造として再生させた。自分にはなにができるだろう？

2

青山にある三洋自動車のショールームで新車の記者発表があり、取引先の清澄鋳造にも案内状が来た。メーカーとしてはできるだけ華々しいレセプションにしたい。にぎやかしに呼ばれたのは承知のうえだが、無下《むげ》にはできなかった。自動車のエンジン部品の試作品は、清澄鋳造の仕事の柱だ。ルカは、細身のビジネススーツを着て出かける。スカート丈は膝《ひざ》が少し見えるくらい。それにブラックのフォーマルなパンプス。

発表会のあとの立食パーティーにも参加し、挨拶《あいさつ》すべき人には挨拶して、きちんとここに参加したことを印象づけなければならない。

ビュッフェに並ぶ絶妙な焼き加減のローストビーフを横目に、赤ワインのグラスを持ってうろうろしていると、「鋳物屋さんなんですね」と声をかけられた。背の高いアラサーくらいの男性だった。自分も一六八センチで、女としては背が高いほうだが、この人はかなりの高身長で思わず見上げてしまう。一八〇センチ以上あるはずだ。うちの辰沼も大きいけれど、身長ではこの人のほうが勝っている。縁のない眼鏡を掛けていた。やはり赤ワインのグラスを手にしている。

どうやら、ルカが首に掛けているストラップの名刺を見たようだ。

「僕も鋳物屋なんです」

ルカは相手のネックストラップを確認しようとした。だがそれより先に、傍らのテーブルにワイングラスを置いたその男性から名刺を差し出された。

「大村《おおむら》鋳造工業の大村です」

株式会社大村鋳造工業といえば最大手の鋳物屋じゃないか。そして〝大村〟と名乗るからには——ルカも丸テーブルにグラスを置くと、両手で受け取った名刺を見る。やっぱり！〔代表取締役社長　大村亮《りょう》〕とあった。

ルカも急いで名刺を差し出して名乗った。しかし大村の反応はといえば、「清澄鋳造さんか。聞いたことないな」とすげなかった。ルカはむっとする。そっちから声をかけておいて、そんな言い方はないでしょ。確かにうちは規模は小さいかもしれないけど、それなりに技術を認められて特別な仕事も請け負ってるんだからね。

「墨田区吾嬬町《あずまちょう》って、二十三区内にも鋳物屋があるんですね」

清澄鋳造のある吾嬬町は、中小の製造業者が集まるモノづくりの町だ。

「うちなんて、大村鋳造工業さんとは比較にもなりません」

多少嫌味を含んで言い返す。

「いや、こちらこそ柄《がら》が大きいばかりでね」

と、少しも悪びれた様子がない。事実そうなんだもん、な……。大村が再びルカの名刺に目をやる。

「清澄ルカさんで、清澄鋳造の営業部長ってことは、社長のお嬢さんなんですよね？」

「ええ」

「僕もそうだから」

「ずいぶんお若い社長ですね」

この人には話しやすい砕けた雰囲気がある。

「一昨年、父が亡くなりましてね。それで急遽《きゅうきょ》継ぐことになったんです」

しまった……。

「すみません」

「いや、いいんです」

そう言ってから、「ルカさんは、営業が専門ですか？」と訊《き》いてくる。「ルカさんなんて、馴《な》れ馴れしかったかな？」

確かにそうだけれど、「いいえ」と言っておく。女性の扱いに慣れている感じだ。大きな会社の社長だし、きっとモテるのだろう。三十二、三歳といったところか。独身ではないはずだ。

「うちは役員も入れて二十人の会社です。あたしは営業だけでなく、現場にも出ます」

「流し入れもするんですか？」

「時には」

大村が興味深そうな顔をした。

「女性の鋳物師か。聞いたことないな」

うちの社名に続いて、また〝聞いたことないな〟か。ホント失礼だよな。

その時、「大村社長――」と、水割りのグラスを持った初老の男性が声をかけてきた。

「これはどうも」

と、大村が男性に向かって言葉を返す。ルカは、「失礼いたします」と断って、その場を離れようとした。

「そうだ、今度、会社を見にきませんか？」

彼が突如そんな提案をしてきた。

「大村鋳造工業さんの工場見学をさせていただけるんですか？」

それは願ってもない話だった。打って変わってルカの声が明るくなる。

「見学なんて、大層なものじゃないですけど。いかがです？　僕も、ルカさんのお話が伺いたいし、お互い、刺激になると思う」

自分には伝えられることなどない。だが、間違いなく刺激をもらえるはずだ。

「ぜひ」

と応える。

「では、メールで日程の調整をしましょう。名刺にアドレスがあります」

そう言い残すと大村は、水割りを手にした男に導かれ、向こうでやはり水割りのグラスを持って談笑している男性らのほうへと向かっていった。

レセプション会場となった三洋自動車のショールームを出ると、初秋の黄昏時《たそがれどき》だった。ルカは一杯のワインが妙に効いて、だるかった。アルコールに弱い自分ではない。けれど、例の神無月産業の一件以来、夜中に目覚め、あれこれ思いを巡らすことがあったりでよく眠れていない。疲れが溜《た》まっているのかもしれなかった。

酔い覚ましに少し歩くことにする。青山通りから、明治神宮外苑の入り口となるイチョウ並木の道へと入る。イチョウの黄葉にはまだ早い。それでも緑の勢いは、もはや盛りを過ぎていた。正面にドーム屋根を頂いた石造りの絵画館を並木越しに望むこのロケーションは、ドラマやCMにも使われて東京を象徴する景観のひとつだろう。

ルカはゆっくりと歩く。見上げると、木々の間からミカン色がかった都心の空が覗いていた。もっと濃かったら、湯の色だ。外苑内に、空を遮るような高層建築はない。

——「丁寧なモノづくりをして、短納期も実現するの」

満智子に発した自分の向きになった声が蘇《よみがえ》る。母は困惑していた。それはそうだろう。ひとつひとつ丁寧なモノづくりを行うのと、これを短納期で実践するのは、真逆のベクトルかもしれない。自動車エンジンの単品の試作品、先日の五芒星のような特注の工芸品――清澄鋳造は、こうした仕事を中心に据え、神無月産業が木型を引き揚げたような量産品はますます少なくなっていくだろう。だからこそ、うちにしかできない技術に磨きをかけるのだ。

ルカの足は自然と、絵画館の隣にある国立競技場へと向かっていた。そこに、自分たち鋳物屋にとって馴染《なじ》み深いものがあったからだ。

今日、国立競技場での催しはなく、外苑の森はひっそりとしている。神宮球場でプロ野球のナイターもないようだ。ただ第二球場では、どこかの学校か企業のチームかがプレー中で、早くも照明が点灯していた。

国立競技場の周りをぐるりと歩く。競技場は二〇二〇年五輪の主会場とすることを念頭に、建て替えが決まっている。バックスタンド側の門の前に来ると、このあたりだろうかと仰ぎ見た。

「あった」

高いスタンドの端に、聖火台のシルエットを捉えることができた。一九六四年（昭和三十九）、東京オリンピックの開会式で聖火がともされた聖火台である。この巨大な聖火台は鋳物だ。

——競技場が取り壊されたあと、聖火台はどうなるのだろう？

そして、国立競技場の聖火台がつくりたくて、これに挑み、敗れた男がいた。彼こそが祖父、清澄勇三なのだった。

鋳物は成熟産業だ、という声を業界の内外で耳にする。すでに技術は出尽くした。もう大きな発展はない、と。本当にそうなのだろうか？

高校時代、ルカが清澄鋳造でアルバイトを始めた時、鋳物の仕上げ加工を手伝わされた。製品に残った不要な部分を削る、切る、磨くという工程である。鉄粉まみれになって働く。一番きつい仕事だ。自分だけがするのではない、勇三も一緒になってやる。時に勇三は、削って現れた鋼《はがね》を構成する要素の炭素《カーボン》で鼻の下をわざと汚し、「ちょびひげだぞ」なんてはしゃいだりした。しかし、なぜ仕上げの仕事をさせられたのかが、だんだんと分かってきた。ここは最終工程である。鋳物の不具合があった時、どの段階でそれが起こったかを見渡せる仕事でもあるのだ。「鋳物にバリが咲く（縁《へり》に余分な部分がはみ出す）のは、砂型の金枠《かなわく》のボルトが緩んでいたからだ」そうしたことを勇三はルカに教えてくれた。

今こそ、勇三に語りかけてほしかった。清澄鋳造を生み、高度成長期の中で発展を遂げ、しかし東京オリンピックの聖火台に挑んで敗れた男は、自分にどんなことを伝えてくれるだろう？

3

大村鋳造工業の本社工場は、静岡県の富士山の裾野《すその》にあった。午前十時、新幹線の駅まで迎えにきてくれたのが社長の大村本人であることに、ルカは驚いた。

「どうぞ」

大村が、助手席のドアをあけてくれる。

「失礼します」

ルカは恐縮し、身を硬くして座った。革張りのシートがゆったりとした、白いボディの国産高級セダンだった。ノーズがとても長い。

「メーカーとの付き合いがあるんでね、乗らないわけにはいかなくて」

大村鋳造工業の主要製品も自動車部品の金型である。同じく自動車のエンジン部品を扱う清澄鋳造だったが、社用車は軽ワゴンが一台きり。出来高が違うのである。

間もなく左右に茶畑が現れた。

「さすが、お茶どころですね」

なにか話さなくてはと思い、当たりさわりのないことを口にした。

「これからもずっと茶畑ばかりなので、飽きちゃいますよ」

ハンドルを握った大村が涼しい顔で言う。なるほどそのとおりで、茶畑だけが延々と続く。十月の秋晴れの陽射しが、茶園の緑を爽やかに照らしていた。

「白い花が咲いてるでしょ」

「ええ」

「あれ、茶花《ちゃばな》です」

初めて見た。

「この時季、花がつきます。一番茶の収穫は来年四月ですが、茶葉に栄養が行くよう、すぐに花は摘み取ってしまうんです。珍しい風景を見られて、ルカさんはラッキーですよ」

確かに、茶木の間に開いた小さな花は可憐《かれん》だった。茶花を見られたことをラッキーと感じる――そんな気持ちの余裕をすっかり失っていた。

茶畑に囲まれた道を二十分ほど走ると、白い巨大な建物が忽然《こつぜん》と現れた。外壁の上部に〔OHMURA〕というロゴが掲げられている。正門を抜けても、その建物に到着するまで数分走らねばならなかった。

「この建物には、事務部門とCAD／CAMの設計部門があります。ま、会社の心臓部ですね。ちなみに僕の部屋もここの一階にあります」

大村が正面の車寄せにセダンを停《と》めると、運転席から降りた。ルカも外に出る。大村が乗ってきたクルマを社の前に置いたまま、広い自動ドアを抜けて中に入っていく。自分もそれに続いた。カウンターの内側にいる二十人ほどの社員が、席からさっと立ち上がり、こちらに向かって一礼する。社長に向かってお辞儀しているのではない。ルカに向かってだった。なぜなら、「いらっしゃいませ」と言われたから。

「こんにちは」

ルカも腰を折る。

「お分かりでしょうが、ここにいる社員が事務を一手に引き受けてます」

ルカが頷き返すと、「ちなみに、そこが社長室です」と事務所の向かい側にあるドアを指さした。

「どうします、中でひと休みしてお茶でも召し上がりますか？」

ルカは遠慮して、このまま工場見学させてほしいと伝えた。

「階段でいいですか？」大村が言い、玄関脇にある階段を上っていく。慌ててあとに従った。

「せっかちなもんで、ついちょこまか動いちゃうんですよ」

長身の大村は、見かけによらず動きが軽快だ。

二階フロアに到着すると、「設計部です」と、廊下からガラス張りの室内を見渡す。

「ここで、お客さまからお預かりした図面を三次元《3D》データ化します」

デスクがずらりと並び、五十人ほどのオペレーターがパソコンのモニターを見つめ、キーボードを操作していた。

「加工した数値データは――」

と、さらに奥へと進むと、窓の広い明るい渡り廊下に出る。そこを歩いて隣の棟へと移った。

「あっ……」

ルカは思わず声を上げ、立ちすくんでしまう。そこはさらに広い作業場で、数十台の大型工作機が稼働していた。もちろんそれも驚きだったが、工作機が削っているのは木ではなく、巨大な発泡スチロールだったからだ。

「――加工した数値データは、ここでNC工作機械に取り込んで模型を製作します。フルモールド法で鋳造を行う当社では、鋳造する製品と同じ形状の原型を模型と呼んでいます」

金属を溶解して型に流し込み、製品をつくるのが鋳造だ。つくりたい形と同じ形の空洞部を持つ砂型に、溶かした金属を流し込み、それを冷やして固める加工法だ。すき焼き鍋とか、湯を沸かすのに用いるそそぎ口のついた鉄瓶とか、水道の蛇口とか、大きなものだとお寺の鐘や船舶のプロペラ、門扉《もんぴ》やベンチもつくる。

清澄鋳造では木型を砂に押し付けて、つくりたい製品の形の空洞をつくる。上型と下型、それぞれの砂型に木型の片側ずつを押し付ける。両方を合わせると、ふたつの型の間に製品の空洞ができるわけだ。そこに湯を流し入れる。製品が固まると、砂型を崩してそれを取り出す。これは木型法と呼ばれる。

大村が言ったフルモールド法とは、まず、製品と同じ形の模型を発泡スチロールでつくり、これを砂の中に埋め込む。そうして、模型部分に注湯し、模型を燃焼、気化させて鋳物をつくる。砂の中にある発泡スチロール模型が、瞬時に熔湯《ようとう》に置き換わるのだ。消失模型鋳造法、ロストフォーム法とも呼ばれる。この鋳造法があることは知っていたが、発泡スチロールの模型を実際に目にするのは初めてだ。

「うちは、祖父の代で創業し、主力製品は五右衛門風呂《ごえもんぶろ》でした」縁なし眼鏡の向こうで、大村が和んだような笑みを浮かべる。「五右衛門風呂、ルカさんはご存じですか？」

たくさんの工作機が動いているので、彼は大きな声で訊いてくる。自動運転しているので、機械の数の割に作業員は少ない。

「いいえ」

とルカも声のボリュームを上げた。すると、大村が機械音に負けずに笑った。

「鉄釜を、下から火を焚《た》いて直接沸かす風呂です。盗賊の石川五右衛門が、釜茹《かまゆ》での刑に処せられたといわれていることからついた名前だそうです。実は、僕が幼い頃、祖父の家ではまだ五右衛門風呂だったんです。それで、僕も入ったことがある。というよりも無理やり入らされた。鋳鉄《ちゅうてつ》製の風呂桶《おけ》の底は、直火《じかび》なわけで高温になっています。そこで、湯に浮いている丸い底板《ゲスいた》を足で沈めながら入る。これが難しくて、板を踏みそこなって何度も火傷《やけど》しそうになった」

ルカも、つい声を上げて笑ってしまう。

「いやあ、祖父というのが酔狂な人で」頭を掻《か》き掻き言う。「そんな一代目と違い、二代目の父は進取の気性に富んだ人でした。鋳造関係に強い西北《せいほく》大学理工学部で学んだ父は、大村鋳造工業を家業から企業としての鋳物屋に変革させようとした。そこで、業界でもいち早くフルモールド法を導入したんです」

大村鋳造工業は、仕事の主軸を自動車金型へと移していった。そして、自動車ボディのサイドパネルを一体型にする業界の流れに、フルモールド法をうまく合致させることができた。

「発泡スチロールで巨大な模型をつくることで、一体型が可能になったんです。それ以前は、自動車のボディはセンターで溶接していました。一体型になったおかげでクルマのきしみがなくなったんです」

バブル景気の上昇拡大期で、自動車メーカー各社がいっせいにモデルチェンジに走り、大村鋳造工業はこれに乗って規模を拡大していった。

「模型の削り出しをするNC機は、かつて使っていた木工機を改造したものです」

それを聞いて、ルカははっとする。

「では、木工機をカスタマイズすることで、フルモールド法が可能だと？」

「そうなりますね」大村がにやりとする。「あれ、ルカさんのところでもフルモールド法に替えることを検討されているのですか？」

「いえ……」

そんなこと考えもしていなかった。

「下に行きましょう」

階段を下りる大村に、ルカはついていく。

階下も広い作業場だった。ここでは、大きな台に発泡スチロール模型を載せて、大勢の女性が紙ややすりやナイフで仕上げ作業をしていた。

「NC機で削り出した模型の表面処理や微調整をここで行います」

「一瞬にして消えてしまう模型を、きれいに仕上げるわけですね」

ルカが感想をもらすと、隣で大村が、「儚《はかな》いですよね」と感慨深い声で呟《つぶや》く。そのすぐあとに、「でも、ただ消えるわけではない。鋳物に姿を変えるんです」と静かに断定した。

ふたりはしばらく無言のまま、きびきびと働く女性たちの姿を見つめていた。

「仕上げ部門はすべて女性スタッフです。やはり、女性のほうが手先が器用ですからね。長く勤めていただいている方が多いです」

「きっと働きやすい職場なんですね」

大村が頷いた。

「産休や育児休暇のあとで、復職されるケースがほとんどです。うちとしても、仕事が分かっている方のほうがありがたいですしね」

「確かに」

とルカは同意する。

今度は大村が訊いてきた。

「先ほど木工機の話題が出ましたが、清澄鋳造さんは木型も内製《ないせい》されるのですか？」

「はい。もともとうちは木型屋だったんです」

そう応えると、彼が驚いた表情をする。

「では、木型屋さんから鋳物屋に転じたということですか？」

「ええ。鋳物の木型をつくっていた会社を、祖父が鋳物屋に替えたんです」

大村鋳造工業ほどの規模ならともかく、木型を内部でつくれる鋳物屋はほとんどない。たとえば、自動車メーカーが部品の金型を発注する場合は、まずその木型を木型屋につくらせる。その木型を鋳物屋に持っていって、鋳造させるのだ。だから、木型も社内でつくれる清澄鋳造は、メーカーにしてみれば木型を発注する手間が省ける。その分、納期を短縮できるわけだ。また、木型の微調整が必要な場合も、木型屋と鋳物屋の間で木型をやり取りすることなく、社内で即対応できる。それが、清澄鋳造の最大の強みであるわけだ。

一方で、木型を内製するからといって、木型の所有権はあくまでメーカー側にあるのだ。先月、神無月産業に木型を引き揚げられたことを思い出し、胸に苦い思いが蘇った。

「ルカさんも木型の仕上げを行うことがあるんですか？」

と訊かれ、「もちろんです」と応えた。「現場の仕事は、一応なんでもこなします。設計も加工も」それは、勇三の方針で仕込まれたことだった。

「そうそう、注湯もされるんですからね」

大村が納得したように言う。

「大村社長はされるんですか、流し入れ？」

「まあ、真似ごと程度ですけど」とほほ笑んだあとで、「ルカさんの抱く、注湯のイメージを聞かせてもらえますか？」そう質問された。

「太陽を流し入れることとなんじゃないかと」

自分の思いをそのまま伝えたのだが、大袈裟《おおげさ》すぎたかなと頰《ほお》が赤くなる。

しかし、大村のほうは意外にすんなりと聞き入れてくれ、「なるほど、太陽か」と感慨深い表情をしていた。

ルカのほうも勇気を得て、さらに言う。

「鋳物はある程度成熟している産業だといわれています。でも、太陽を流し入れることが鋳物の仕事だとしたら、まだまだ先はあります。太陽がある限り」

そして言ったそばから、ちょっと臭かったかな……とまたまた後悔している。一方でルカは、改めてこうも思っていた。太陽を制さなければ、などとこだわったのは、実は女の自分が現場を仕切るためだったからだと。〝危険だ〟〝あぶない〟という声を跳ね返し、注湯ができなければと肩肘《かたひじ》張っていただけなのだと。それに、流し入れだけが華ではない。鋳物屋の華はそこここにある。模型の仕上げをする彼女らが、軽やかにそれを教えてくれる。

まるで研究所のような白い建物を出ると、再び正面の車寄せに戻って、大村が運転するセダンに乗る。

「少しほっとしました」と彼が言う。「駅から会社に向かう途中、ルカさんがあまり口をきいてくれなかったので。しかし鋳物のことになると、よくお話をされる」

いわばルカは鋳物オタクだ。ほかの話題となると極端に乏しい。そんな自分に毛利《もうり》和也《かずや》は辛抱強く付き合ってくれた。そういえば、大村はどこか和也を思わせる。それで初対面の時も、話しやすいと感じたのだ。ふたりとも背が高いというばかりではない。老舗《しにせ》旅館の御曹司《おんぞうし》だった和也は、大手鋳物屋を継いだ大村と同じく育ちのよさを身にまとっていた。最近、和也が結婚したことを大学の同期から聞き、ショックを受けた自分がいた。

なにがいまさらショックだ、と自らを嘲笑《あざわら》いながら、「広い工場ですね」と、ルカは話題を逸《そ》らす。「確か、東京ドーム五個分の敷地とか」あらかじめウェブサイトでチェックしてきた知識を披露する。

「五・五個分です」

と大村に修正され、ルカは、「失礼しました」と慌てて詫《わ》びた。

「徒歩で回ると、ゴルフのハーフを歩くくらいの時間がかかるかな。あ、僕のスコアでね」

と笑う。

今度は巨大な鉄工所のような建屋の前でクルマを停めた。THE工場とでもいったたたずまいだ。

入り口でヘルメットを渡され、被《かぶ》る。中に入ると、大きな砂場のような型枠の中に、こちらも大きな発泡スチロールの模型を埋める作業を行っていた。

「ここで造型《ぞうけい》します」

木型法の場合、砂に木型を押し付けて砂の中に製品の形の空洞をつくる。この空洞が、製品の型である。型まで、湯が流れる道を、湯道《ゆみち》という。いかに効率よく、湯流れを考慮して製品までの湯道をつくっていくかの設計——これが鋳造方案《ほうあん》だ。砂型の中に、鋳造方案を具現化する——ヘラなどを使って、砂に湯道を彫り込んでいく作業を造型という。旧日本軍関連の建物で使用される五芒星をつくった時、製品が付いていた〝王〟の字の形をした金属の骨が、この湯道である。湯道があああいう形で砂の中に残るのだ。

「フルモールド法では、湯道管にこれを使います」

大村が見せてくれたのは、パルプ素材でできたパイプだった。このパイプを使って、ひとつの砂型に対して数人の若い社員が造型している。それはまるで砂の中につくる立体パズルで、構内のあちこちに置かれた砂型で社員らが目を輝かせて励む姿が見られた。

「こういう作業風景を見ると、汚い、きつい、危険という理由づけをして、鋳造業に若者が入らない言い訳を、鋳物屋自身がしているのではなかろうかって思うんですよ」

大村の言葉に素直に賛同する。鋳物屋の華はここにもあった。

「見てください」

大村が指さすほうに顔を向ける。ふたつのクレーンを使って、巨大な砂型を吊《つ》り上げていた。すごい迫力だ。砂型の金枠の間からは、ガスの燃える炎がちろちろと上がっている。

「あれ、発泡スチロールのガスが燃える炎です。一二〇トンと一〇〇トンのクレーンとジグを使って、一八〇トンの砂型を移動させています。あれは今朝、注湯したものです」

「ということは、流し入れは見学できないのでしょうか？」

「うちは二五トンの鉄を七十分で溶かす大型電気炉を所有しています。作業は四勤二休で二十四時間操業しているのですが、流し入れは夜間電力の時間帯に行っているんです。これは電気料金の問題だけでなく、環境への負担も考慮に入れてます」

自分はひどくがっかりした表情をしていたに違いない。

「すみません」と大村が謝る。「しかし、朝の四時にルカさんにここに来てもらうわけにもいかないでしょ」と、申し訳なさそうに弁解した。

「ご厚意で見学させていただいている大村社長に、そこまで我がままは言えません」

しかし最初にそう教えてくれたなら、どんな方法をとっても四時にここにいたのに、と恨みがましくも思うのだ。

火の消えた炉は、工場の奥にまるでダムのように鎮座していた。その炉の口も、今は閉じられている。

ヘルメットを返して、外に出た。再び、大村のクルマで来た道をもとへと戻る。そして、天井の高い、広い建屋に行き着いた。

「ここが、砂型から外した鋳造製品を格納する場所です」

大きく複雑な形状の自動車用金型が置かれている。

「これは屋根《ルーフ》だな」

この金型から、自動車の屋根部分が生み出されるわけだ。

と、格納庫の隣にある真新しい建物に案内された。

「こちらへどうぞ」

「一階は風呂場なんですよ」大村が言って、ルカを振り返る。「ちょっと待ってくださいね」ドアを開けて中を覗いてから、「大丈夫だ、脱衣場には誰もいない」と言って、にかっと笑った。

促されて、ルカも遠慮がちに半身だけ入れて中を見せてもらう。木製ロッカーがオシャレだ。しかし、曇りガラスの向こうの浴場から男性らの声がするので、すぐに首を引っこめる。

「ゴルフ場の風呂のような感じにしたかったんです。さすがに自動販売機に缶ビールは置いていませんが」

「ゴルフお好きなんですか？」

「いや、接待で覚えたんです。学生時代にやっていたのはテニスでした」

はあ、軟派な雰囲気に似合っているかもだ。

「お食事いかがです？」

と訊かれ、「せっかくですけど、午後は社に戻りませんと」と遠慮した。

「なあに、この上で、ささっと済ませられますよ。社員食堂があるんです」

二階は広く清潔なラウンジだった。お昼休みの時間帯で、大勢の社員で混んでいる。

「日替わり定食とカレーライスしかないんですけどね。おっと、今日はラーメンがある日だぞ。週に二日、醤油ラーメンと味噌《みそ》ラーメンが出る日があるんです。今日は味噌ラーメンの日だ」

大村お勧めの味噌ラーメンの載ったトレーをそれぞれ持って、窓際の席に向かい合って座る。

「いただきます」

ルカは、散《ち》り蓮華《れんげ》にひと口分の麺《めん》を箸《はし》で取りスープと一緒に口に運んだ。

「おいしい！」

感激してそう口にしたら、「でしょう」と大村が得意そうにしていた。

細かく刻んだ野菜がスープにとろけ、味噌と相まってコクのある旨味《うまみ》を出している。

「一味トウガラシを振るといいですよ」

大村が言って、自分の手のひらに振ってからラーメン丼に散らした。

「ありがとうございます」

礼を言って、一味の瓶を受け取り、大村の所作に倣《なら》った。こうすると、瓶の中のトウガラシが湯気でしけない。これを使うほかの人のことも考えているのだ。彼には、案外繊細なところがある。和也もそうだった、とまた思ってしまう。和也も軽薄さを装いつつ、一本芯が通っていた。

近くのテーブルで、若い現場スタッフがラーメン丼とカレーライスの皿を並べて食べている。なんだか頼もしい。

「大村鋳造工業さんの現在の社員の方の数は？」

「群馬にも工場があります。営業所も入れると社員八百五十名、そこに派遣やパートさん百名が加わります」

「すごい」

うちとは比較にならない、すべてが。ルカは、窓外に雄大な姿を見せている富士山を見やった。そして、もうひとつ、これだけは訊いておきたかったことを質問する。

「フルモールド法の利点はなんですか？」

「まずなんといっても短納期で生産できることでしょう。発泡スチロールの模型製作に要するのは十日です」

早い！　木型をつくるのに、三週間はかかる。

「それから、中子《なかご》を必要としないため、設計上の制約も少ない。複雑な形の鋳物をつくることができます」

木型法の場合、寺の鐘のように内部が空《から》の鋳物をつくる場合は、中空となる部分に中子という鋳型を入れる必要がある。ゆえに複雑な形状には不向きなのだ。さらには、中子をつくる手間もかかる。

大村がラーメンを食べながら、のんびりと説明を続ける。

「木型法の場合、ひとつの木型から複数の鋳物をつくることができます。ひとつの製品につきひとつの模型をつくるフルモールド法は、単品の鋳物向きなんです」

「丁寧なモノづくりをして、短納期も実現する」

思わず発したルカの言葉に、大村はその時だけはレンズの奥の目を光らせ、「そうなります」と短く応えた。

第二章 フルモールド

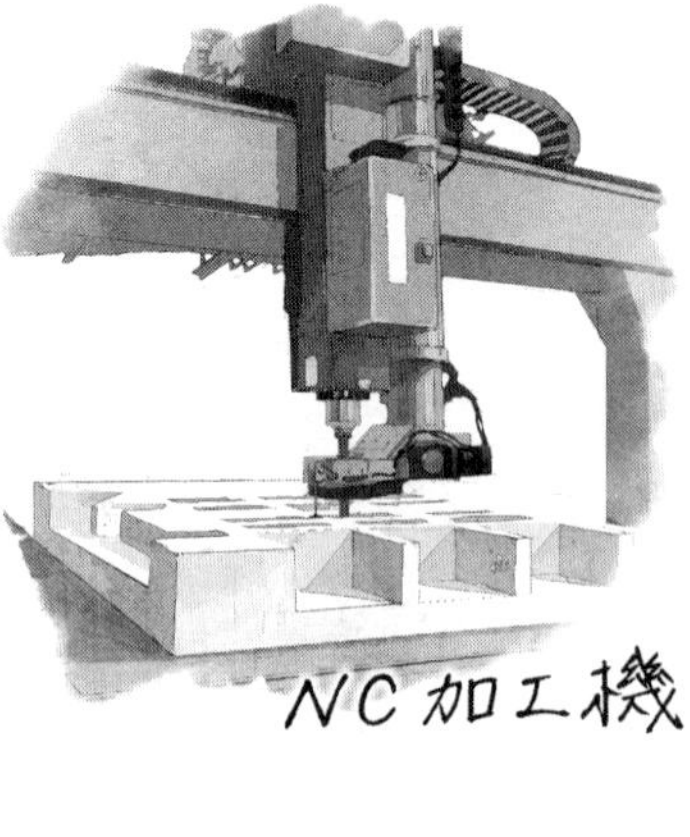

1

清澄鋳造《ちゅうぞう》では、注湯《ちゅうとう》を午後三時から始めるのが通常の流れだ。午前中、注湯所では造型《ぞうけい》が作業の中心である。朝礼を終えると、スーツ姿のルカはそのまま作業の進《しん》捗《ちょく》状況を見て回る。

ルカの意見で、ここ数年のリクルートは若者を中心に採用した。社内規定に定年退職の年齢は定められていない。気力と体力の限界を自ら悟り、「明日から来ない」と言われれば、それが定年なのだ。勇三は七十六歳で社長から退いた。作業場の中心はほかの社員に譲り渡したとはいえ、それでも勇三は会長として毎日会社に顔を出し続けていた。

勇三に代わって、満智子は四十二歳で社長に就任した。それまでも財務を見ていた満智子の肩に、経営者としての責任がどんとのしかかり、さらに家庭を顧《かえり》みなくなった。一年後には、とうとう離婚。サラリーマンだったルカの父親は家を出ていった。ルカが高校二年の時である。自分の男運のなさは、母から受け継いでいるのだ。いや、それは単に、あたしが偏屈な鋳物《いもの》オタクに過ぎないからか……。大学は勇三の勧めで外語大に進学した。「製造業はますます海外との取引が多くなる。英語くらいしゃべれないとな。俺なんぞ、アイアイサーしか知らん」勇三にそう言われたのだ。

大学の英米語学科で、和也と出会った。アメリカ文学の翻訳家志望だった和也は、卒業と同時に家業の老舗《しにせ》旅館毛利屋《もうりや》で働くため群馬県の草津温泉に帰った。「一緒に来ないか？」と彼に言われた。しかし将来、清澄鋳造を継ぐ自分に、ほかの選択肢はなかった。以来、彼とは会っていない。

最近、和也が結婚したと聞いてから、よく思い出すようになった。彼のことを……。おっと、また思考がほかに逸《そ》れた。

清澄鋳造ではベテランが抜けた穴を、中途採用で補おうと動いたこともあった。応募してくるのは流れ職人みたいな人ばかりで、「この腕だけで三十年やってきました」なんて言う相手を、労働力が欲しいこちらも短時間の面接だけで採用する。けれど、そういう人たちはやはり長く居つくことはなかった。最短記録は八時半に仕事に就いて、十時に辞めた。理由は「風土が合わない」だった。フウドってなんだ??

大卒など望むべくもない。未経験者を採用し、育てることを提案したルカは、区内を中心に工業高校を回って会社案内した。採用を決めると、家庭訪問して親や家族の理解を得るようにも努めた。今、社員は五十代以上のベテランと二十代の若者に二極化している。けれど、若い世代が成長を続け、今後も毎年数人ずつでも新卒採用していけば、いずれ中間を埋められる。そのためには、ベテラン社員に少しでも長く頑張ってもらい、また、新卒を採用できるだけの仕事を確保しなければならない。営業は自分の役割だ。自分が営業して仕事が増え、従業員が増え、会社の規模が拡大することで、新卒採用も高校生だけでなく、専門学校生に、短大生に、やがて大学生にと範囲が広がっていけばいい。

砂型の湯道《ゆみち》に、刷毛《はけ》でカーボンを塗り込んでいる黒縁眼鏡の若い男子、野島《のじま》はこの春に入ったばかりの新卒社員だ。製品部分や湯道に炭素を黒く塗ることで、鋳物の砂離れがよくなるのだ。野島は、近いうちにカーボンを塗るだけでなく、ヘラで湯道を彫る作業をさせてもらえるようになるだろう。彼の横顔を眺めているうちに、大村が口にした、「こういう作業風景を見ると、汚い、きつい、危険という理由づけをして、鋳造業に若者が入らない言い訳を、鋳物屋自身がしているのではなかろうかって思うんですよ」という言葉を思い出す。

大村鋳造工業を見学した際、鋳物砂《いものずな》の話を大村とした。「清澄鋳造さんでは、どんな砂を？」と訊《き》かれ、「山から採り出した自然の砂を使っています」とルカは応《こた》えた。「うちも天然砂です」と大村が言った。「川砂を使っています」

なるほど、海の砂は塩素系で錆《さ》びる。

野島がふと、「関《せき》さん、造型の時の砂の水分含有量って、何パーセントくらいがちょうどいいんスかね？」と訊いた。

すると、隣で造型していたベテランの関が、「水分含有量だあ？」と、呆《あき》れ返ったような顔をする。「そんなもん、おめえ、カンに決まってるだろうが。こう手で砂を握ってよ、こんなもんだろうって感覚が、俺っち職人にはいつの間にか身についてんだよ」

「それって、鋳型や湯道をつくるのに、ちょどいい砂の硬さってことっスよね？」

「べつに砂が硬くなるわけじゃあねえ。砂型のまとまり具合だよ。水を含むことで、さらさらの砂が型としてまとまるわけだ。水が多過ぎりゃあ、砂型がもろくなって崩れちまう。たとえ砂型ができたとしても、水を多く含んでりゃあ鋳物に悪影響が出る。必要なのは、鋳物砂のちょうどいい感覚を手が知ってるってことなんだ」

関が作業を続けながらそう説く。

野島のほうは興味津々の表情で、「その手の感覚って、どうやって分かるようになるんスか？」とさらに質問を重ねる。

「そりゃ、おめえ、経験だよ。経験によって、カンは得られるんだ。おめえも水分含有量なんて、生意気な口叩《たた》いてねえで、経験を積め、経験を」

と、関はさも面倒臭そうに突っぱねてしまった。

〝経験とカン〟――本当にそれだけだろうか？　と疑問を抱きつつ、ルカは注湯所から隣の建物の二階にある事務所に向かう。パンプスで鉄骨階段をカンカン音させて上りながら、湯の流し入れの際、自分もカンを頼りにしているのは確かだ、と思う。砂型に注湯しながら、見えない湯道を熔湯《ようとう》が通っていく感覚が自分の手にまざまざと伝わってくるのだ。熱した金属は、湯道をたどりながら冷めてゆく。だが、早過ぎれば製品に引《ヒ》け巣《ケ》と呼ぶ空洞や窪《くぼ》みができる。遅過ぎると冷えて割れができてしまう。流し入れに経験が必要なのは確かだ。だが鋳物に必要なのは、本当に経験とカンだけなのだろうか？

席に戻ると、向かいの石戸谷に、「ねえドヤオジ、鋳物屋には経験が必要だよね？」

と言ってみる。

するとパソコンの画面に眼《ガン》を飛ばしていた石戸谷が、白いひげに覆われた顔をこちらに向けた。

「なに言ってるんだ、おまえ？」

呆れ顔の彼に、なおも、「それとカンも？」と訊く。

「ルカ、おまえどうしたんだ？」

経験とカンの塊のような石戸谷が、不思議そうに小首をかしげる。そのあとで、相手にでききんといった感じで、再びモニターに目を戻した。「鋳物屋に経験とカンが必要か？」なんてそんな当然のこと、応えるつもりもないらしい。

ちらりと満智子に視線を送ると、老眼鏡を掛けた彼女はふたりのやり取りにはまったく無関心に、やはりパソコンのキーボードを叩いている。

電話が鳴って、ルカが出るよりも早く隣のチヒロが受話器を取り上げた。

引き続き思いを巡らしていると、「ルカさん」とチヒロに呼ばれた。「三洋自動車の進藤《しんどう》さまからです」

「ありがと」

ルカは、ビジネスフォンの点滅しているボタンを押して保留を解除し、受話器を取った。

「代わりました、営業の清澄です」

「申し上げにくいんですがね、清澄部長。うちでお願いしている件、次回からは発注がないと思っていただきたいんです」

「ど、どういうことですか？」

「ですから、打ち切りです」

ルカは自分の耳を疑った。それは出し抜けの死刑宣告だった。

「そんな……」

「突然と思われるかもしれませんが、当方としては以前から社内で協議を重ねていたことです」

ひどくあっさりした口調で進藤は告げる。こちらにしてみれば、いきなりであるのに変わりはなかった。

「やはり価格の問題でしょうか？　安い海外に発注するとか？」

「そんな悠長なやり取りはしていられません。新車の部品は時間が勝負です。国内の、清澄鋳造さんよりももっと早い納期でやっていただけるところに頼むことにしました」

それを聞いて愕然《がくぜん》としたが、ルカはなおもすがるように言い募る。

「うちは木型を内製しています。ですから、どこよりも早く……」

「だから長い間、貴社を重宝《ちょうほう》させてもらいました」

重宝って、便利なものとして常に使うって意味だよね？　それならこれからも……。

「弊社も、三洋自動車さまの納品を最優先で行ってきたつもりです」

自動車のエンジンは、組み立て工場とは別の工場で、ほぼ手作業でつくられる。自動車は二万の部品から成るが、エンジンだけで一千もの部品が必要だ。精密装置であるから、組み立て途中でも検査を重ねる。当然、新車エンジンの試作部品をつくる際、一度で決定することはまずない。相手方の注文で、すぐに木型を微調整し、新しい試作品をつくって再発送する。その際、部品の大きさや長さは指定する数字と一〇〇〇分の一ミリの違いも許されない。緻密《ちみつ》な作業を何度も繰り返すのだ。この間は、すべてを後回しにして、三洋自動車の仕事に集中する。

「そうなんでしょうね」

と進藤が認める。彼は三十歳だと言っていたから自分よりもふたつ齢上《としうえ》だ。これまで打ち合わせで何度も顔を合わせてきている。仕事に対して真摯《しんし》で、自動車を愛していた。

「けれど清澄鋳造さんの強みは、すでに時代遅れになりつつある」

「時代遅れ……って」

「清澄部長には気づいてほしかったな、その変化に」

もうダメなんだ。なにを言ってもダメなんだ。仕事を打ち切られてしまうんだ。

「木型はお返ししたほうがよろしいでしょうか？」

蜘蛛《くも》の糸のように細いかもしれないが、せめて今後のつながりが持てたらと思い、そう訊く。

「結構です」

「お返ししなくていいと？」

さらに訊いた。祈りにも似ていたかもしれない。

「ええ」

「では、うちでお預かりしている木型の鋳造については、今後もお任せいただけるということなんですね⁉」

わずかな光明に、声がたかぶる。すると意外な応えが返ってきた。

「モデルチェンジが頻繁に行われる自動車では、前の木型が必要になることはありません。返されても、置く場所に困ります」

もはや次の言葉が出てこない。完全に打ちのめされていた。使わない型を預けっぱなしにするなんて、こうなるとただの下請けイジメじゃないか。

「では失礼」

進藤が電話を切り、ルカはしばらく耳もとに流れるツー、ツーという終話信号を聞いていた。これが、仕事を切られた音なのだ。先月の新車発表のレセプションにはきちんと足を運び、立食パーティーではローストビーフにも目をくれず（実際は横目で眺めてたけど）、進藤はもちろん上役らへの挨拶《あいさつ》を欠かさなかった。……バカ、そんなの関係ない。もうそれ以前から、うちとの取引を停止する話し合いが進められていたのだ。

ルカが呆然《ぼうぜん》として受話器を置くと、「どうしたの？」と満智子が声をかけてくる。

「三洋自動車から仕事を打ち切られた」

ぼそりと告げた。

「ええ！」

すぐさま満智子が大声を上げる。向かいで、石戸谷も素早く視線を送ってきた。

「そりゃホントか？」

ルカは彼に向けて力なく頷《うなず》く。

「どうして⁉」

満智子がさらに言って寄越す。それはそうだろう。この前の神無月産業の件とは規模が違う。三洋自動車のエンジン回りの部品製作は、清澄鋳造の根幹となる仕事なのだから。

「理由はなんだって言ってるのよ⁉」

しかし、ルカは今さっきやり取りした進藤との会話の内容を、すぐには繰り返す気になれない。無言でふたりからの視線を受けていた。耐え切れなくなって顔を背けると、チヒロの姿が目に映った。彼女はパソコンに向かって淡々と事務作業をしていた。こんな事態になっても、その横顔は自分に関係ないと言っているようだ。ふと、神無月産業の仕事を失った時のことを思い出す。あの時も、ルカは注湯所からここに戻ってきた。そして、チヒロが受けた電話を代わったのだった。まるでデジャビュじゃないか。すると、なんの罪もないと知りながら、チヒロが憎らしくなる。いや、罪がないから憎いのだ。

再び電話が鳴って、ルカははっとする。あたし、なに八つ当たりしてるんだろ……。

「ルカさん」

と声をかけてきたチヒロに、「ごめんね、チーちゃん」と思わず謝っていた。

いつものように髪をお団子にしたチヒロは不思議そうな顔をしてから、「〝大村鋳造工業の大村〟とおっしゃってます」と言う。

ルカは小さく息をつくと、受話器を取った。

「やあ、先日はどうも」

大村の声がのんびりと耳に届いてくる。

2

大村とルカが向かい合っているテーブルに、チヒロがお茶を運んできて置いた。鉄骨階段を上ってすぐが応接スペースだ。小さなテーブルがひとつと折りたたみ椅子が四つ置いてあるだけなのだが。

「うちを見て、参考になるんでしょうか？」

三洋自動車からの発注を打ち切られた鋳物屋だ。

「ぜひ拝見させていただきたいです。二十三区内、しかも、こんな駅近くに鋳物屋があるなんて」

電話があった三日後、大村が清澄鋳造を訪ねてきた。東京に行く用件があるので、ぜひ貴社を見学させていただきたいとの要望があったのだ。

レセプションで初めて会った時から名刺を見て、「墨田区吾嬬町《あずまちょう》って、二十三区内にも鋳物屋があるんですね」と大村は興味を抱いていたようだ。確かに珍しいかもしれない。モノづくりの町、吾嬬町でも鋳物屋は清澄鋳造だけだ。

「いや、東京に限りません。鋳物屋自体が減ってきているんです。一九九〇年代に千八百社あった鋳物屋が、現在は六百社になっています。三分の一になったということですよ。僕が知っている会社で、鋳物屋からフィットネスジムになったところがあります」

ルカは目を丸くしてしまう。

「どういうことです？」

鋳物とフィットネスジム、ふたつの接点がまるで思い浮かばない。

「その鋳物屋、溶湯の電気炉の温度調節のために水で冷却していたんですね。その水が温まるので、副業にラドン温泉を始めた。その後フィットネスジムに転じ、鋳物屋を廃業してしまったんです」

うちが鋳物屋をやめることになったら、なにを始めよう……と、ぼんやり考えてしまう。

「鋳造の歴史は古いです。紀元前四〇〇〇年頃にメソポタミア地方で始まったといわれています」大村が湯呑《ゆの》みの茶に口をつけた。「日本では、古代に青銅器や奈良の大仏がつくられ、技術革新を進めながら二一世紀の産業でも幅広い分野で利用されています。イメージは地味だが、現代の産業も社会も金属鋳造の技術なくして成り立たないのです。文房具や玩具《がんぐ》、電子部品のような小物から建材、ロボット、航空機、宇宙ステーションまで、どこかで必ず鋳物は利用されている。最大の用途は自動車用で、群を抜いています。日本は世界第四位の鋳物生産国ですが、用途別では自動車用が六

〜七割を占めます」

自動車用——今さら、うちもここから撤退することはできない。それなら、どうしたらいい？

「では、鋳物屋が減り続けているのはなぜだと思います？」

大村がこちらを見た。物思いにふけっていたルカは、急にそう訊かれて戸惑ってしまう。

「えっと、NC旋盤などの進化で、鋳造でなくても複雑な形状の金属製品を切削《せっさく》できるようになったからでしょうか？」

「理由のひとつではあるでしょう。しかし一番の原因は、後継者不足です。汚い、きつい、危険——3Kといわれる鋳物屋を、若い世代が継ぎたがらない」そこで、大村がにやりとする。「おっと、大村鋳造工業という鋳物屋を継いだ僕も若い世代に入ってるつもりではいますが——三十二歳だと微妙ですかね？　ちなみに僕、独身ですから」

独身……そうなんだ。ふと思う、和也は結婚した、と。

「さっき話したアレ、鋳物屋からフィットネスジムに転じた会社というのが、それを象徴していると思います。後継者は僕と同世代。鋳物屋はオシャレじゃないけど、フィットネスジムならやってもいいと考えたんでしょう」

再び彼がこちらに目を向けてくる。真っ直《ます》ぐな視線だった。

「僕は、鋳物屋のイメージを変えたいんですよ。どうです、協定を結びませんか？」

「協定？」

大村が頷く。

「一緒に鋳造業界に革命をもたらすんです」

鋳物屋のイメージを変えるなんて大それた課題の前に、食べていけるかどうかが先決だ。清澄鋳造は瀬戸際にいる。

大村の提案に同意も異議も唱えず、「では、社内をご案内します」と言い、ルカは立ち上がった。まず、奥の事務所に向かうと、「社長の清澄満智子です」と、紹介する。満智子が席からやってきて、大村と名刺交換した。

「大村鋳造工業みたいな大企業の社長さんが、こんなむさくるしいところによくもまあ」

と恐縮しきりの満智子に、「お邪魔しております」と大村が挨拶する。

満智子と一緒に、石戸谷とチヒロも立ち、大村にお辞儀した。

事務所の横のドアを開けると、そこは設計室だ。ふたりのオペレーターがパソコンに向かっている。

「ここがうちの心臓部です。大村鋳造工業さんと比べると、だいぶ小さいですが」

ルカが説明すると、「ちょっとだけよろしいですか？」と大村が室内に入る。発注先から二次元データで送られてきた図面を、オペレーターがＣＡＤで三次元化しているところだった。

「加奈子《かなこ》さん、少し作業を見せてくれます？」

ルカが声をかけると、四十代で社歴の長い彼女が、「はい」と明るく返事した。ぽっちゃりとして丸い眼鏡をかけている。

大村が興味深げに、加奈子の背後から画面を覗《のぞ》き込んだ。青い色をしている二次元図面が、加奈子がキーボードを操作すると、緑色に変わって立体的になり、円筒状に突起した。

「彼女は以前、手作業で木型を作製していました。ですから図面を見て、どういう形になるかを瞬時にイメージできるんです」

「ほほう」

感嘆の声をもらしている大村を、「こちらへ」と室外に誘導する。鉄骨階段を下りて、一階に向かう。今は止まっているが、オンラインでＣＡＤ／ＣＡＭとつながっている自動木工機が三台置かれていた。自動車のボンネットやドアといった大型部品の金型をつくる大村鋳造工業のＮＣ機ほど大きくはない。扱うのは、両手で持てるほどの製品だ。

清澄鋳造は、三洋自動車からの依頼でエンジンの動力を車輪《ホイール》に伝えるための動力伝達用部品の試作品をつくっている。いや、つくっていた、というべきか。

木工機は止まっていたが、作業台でベテランの榎本《えのもと》が、木型の仕上げをしていた。水道の蛇口のようだった。とはいえ、どこにでもある蛇口ではない。現在は美術館になっている、旧伯爵家の中庭にある蛇口だ。既製品の蛇口が取り付けられていたのだが、最近になって伯爵邸時代の古い家族写真が発見され、そこに蛇口が写っていた。建物自体が重要な美術品である。蛇口を復元したいという発注があり、そのぼやけた映像をもとに、榎本がカンナとノミを使った手作業で木型をつくったのだった。蛇口のハンドル部分に、ナイフで繊細なアール加工をしているようだ。隣で作業している若い小西《こにし》が参考にしようと、榎本の手もとを覗き込む。小西のただでさえ不満顔に見える突き出た口が、よけいにとんがる。だが、これは好奇心の表れだ。学ぼうとするのはよいことだ。だが、次の瞬間！　ルカは衝撃を受けた。榎本は、小西に見せないように、作業している手を自分のひょろりとした上半身を屈《かが》めて覆い隠してしまったのだ。小西の口が、今度こそ不満そうにとんがった。

ここにも、経験とカンを頼みとする者がいた。榎本は、自分が経験によって得た技術をひとり占めにしたいのだ。この種の人間の口癖《くちぐせ》は「技は見て盗め」だ。だが、けっして見せたりはしない。自分だけの技術として抱え続ける。たとえ、小西が教えてくれと頼んでも、ひとこと「カンに決まってるだろう」と応えるだけだ。「経験から得たカンだ」と。

そうなのだ、これが職人を名乗る者たちの〝経験とカン〟の正体なのだ。

大村は、たった今、榎本がしたことに気がついただろうか？　ルカはひどく恥ずかしかった。それで、急ぎ注湯所《ちゅうとうじょ》に向かって歩き出す。

隣り合った建物同士が、引き戸を開けて往き来できる。渡り廊下のようなものはなく、一、二歩といった距離しかない。

羽目板張りの注湯所に入ると、二階家の高さまで吹き抜けになった天井の梁《はり》を見上げ、「オシャレだなあ」と大村がつくづく感想をもらす。

「オシャレ……そうでしょうか？」

ルカは戸惑ってしまう。

「このレンガ積みの熔解炉《ようかいろ》も味があるなあ」

すっかりお気に召したようだ。

「真鍮《しんちゅう》を使った工芸品の鋳造は、この熔解炉を使います」

「るつぼから湯汲《ゆく》みで汲み出して、砂型に流し入れするわけですね？」

「ええ」

「ルカさんもそれを行う――」

「はい」

　大村が満足そうに頷いていた。

　それにしても、とルカは考える。この人は、なんで工場見学に招待してくれたり、うちみたいな小さい鋳物屋を訪ねてきたりするのだろう？　規模としては中小企業の域を超えた会社の社長で、忙しいはずなのに。「お互い、刺激になると思う」──本当にそれだけだろうか？

　大村が注湯所の奥に目をやって、「電気炉がありますね」そう言いながら近づいていく。

　ルカもそのあとに従った。いや、彼の思惑など、実はどうでもいいのだ。今日、自分はある相談を持ちかけるつもりだった。清澄鋳造の命運にかかわる相談を。

「三トンの電気炉です」とルカは言う。「自動車部品はこれを使います」

　突き当たりの壁いっぱいを覆う、軽トラックほどの大きさの四角い台のような機械が電気炉だ。るつぼは鋼《はがね》の階段を上った高い位置にある。操作パネルもそこにあって、辰沼がメンテナンス中だった。電気炉は、このところ火を入れていない。

「こんにちは」

　と辰沼が大村に向かって挨拶する。来客への挨拶は、石戸谷によって徹底してしつけられていた。

「どうも、お邪魔してます」

大村が気さくに返した。注湯所では辰沼のほか六人の社員が、造型や製品の仕上げを行っている。

「タッちゃん、うちでつくったものをお見せして」

声をかけると、辰沼が、「はい！」と短く応える。彼はいつも気持ちのいい返事をする。素早く下に降りてくると、製品を幾つか集めて持ってきた。

「ほほう」

それらをじっと眺めていた大村が興味を示したのは、自動車部品ではなく工芸品のほうだった。先日ルカが注湯した旧陸軍の建物に使用する窓装飾の五芒星《ごぼうせい》に続き、翼を広げた鳥のプレートオブジェを手にする。

「千鳥です。浅草にできた新しいショッピングセンターの、エントランスの装飾品なんです」

「羽根の一枚一枚まで、実に精緻《せいち》だ」

大村にそう評価されることは、やはり嬉《うれ》しい。

ルカに向かって彼が、「ご案内いただき、ありがとうございました」と礼を述べる。

「貴社のことがよく分かりました」そう言って、すたすたと注湯所から外に出ていく。

そして今度は、注湯所の外観を見上げていた。

「ホントいいですよね、この建物」

「もとは醤油蔵《しょうゆぐら》だったそうです」

「レトロだな」

「戦後、千葉から移築したと」

「いや、結構」

清澄鋳造は私鉄電車のガード脇にある。

大村が、「外で少し話しませんか？」と提案し、ガード下を高架に沿って歩き始めた。

「土手のほうには、ゆっくりお話しできる喫茶店のようなものってありませんけど」

そう言いながらルカは彼についていく。会社を見にきた大村のあとを、なんだか自分はちょこまか追ってばかりいるようだ。

「いや、言葉のとおり外で歩きながら話がしたいんですよ」

すぐに土手が見えてきて、大村は階段を上っていく。土手上に吾嬬駅がある。駅舎は山小屋風の古い木造建築で、鉄道ファンの撮影スポットだ。

「駅まで五分かからないかな」

と呑気《のんき》にひとり呟《つぶや》きつつも、彼はその駅の脇を通り過ぎて、川に向かって土手を歩いていく。そして立ち止まると、荒川を眺めた。しばらくして、再び町のほうを振り返る。このあたりはゼロメートル地帯。土地が海抜〇メートル以下と低い。

「東京の下町だなあ。モノづくりの町だ」

吾嬬駅に来る途中にも、中小の製造業が軒を連ねていた。ルカには見慣れた風景でも、彼の目には新鮮に映るのかもしれない。工場や、小さな住宅が建て込んだ町の向こうには、巨大な東京スカイツリーがそびえている。

「さっき、製品を見せてくれた若い社員、あのがっちりとして大柄な——」

「タッちゃん——辰沼ですか？」

大村が頷くと、「彼は、どうやらルカさんのことが好きなようだ」そんなことを言う。

「部下から好かれる営業部長って、少ないように思いますけど」

すると彼が笑って、「女性としてですよ。ちらちらあなたを見てた」とこちらの顔を覗き込んでくる。「気がつきませんか？」

思いがけないことを言われ、頬《ほお》が熱くなる。

「さあ、そんなこと……」

すると、大村がさらに大きく声を上げて笑った。

「ほうらまた顔に出た」

「え？」

「〝男の目には糸を引け、女の目には鈴を張れ〟ってことわざ、知ってます？」

「いいえ」

ルカの返答に対して、頷いてから大村が言葉を継ぐ。

「祖父から聞いたことわざなんです。男の目はきりりと真っ直ぐなのがよくて、女の目はぱっちりと大きいのがよいという意味らしい。このことわざを口にした祖父は、目の大きな女性を好んだ。ルカさんのような、ね」

きっと自分は困ったような表情を浮かべているに違いない、とルカは思う。

「一方、祖父はこんなことも言っていた。男の目は糸のようでいい、表情を読まれないからな、と」大村は、もはや笑っていなかった。「ルカさんは女性ですが、これから清澄鋳造の経営に携わることになる。感情がすぐに顔に現れるというのは、プラスになりませんよ」

――すぐに顔に出る、か。確かにそうだ。うろたえながらも、ルカは話題を変えることにした。

「大村社長は、職人の〝経験とカン〟に関して、どのようなお考えをお持ちですか？」

ルカはこのところ抱いていた疑問をぶつけてみる。

「うちにもいますよ、ベテランの職人が」と、彼は荒川に視線を送りながら応える。

「マイクロ単位の精度を、手の感覚で判断できる、彼は本物の職人です。国から勲章もらった」

ルカは羨望《せんぼう》のため息をつく。

「しかし」と彼が、荒川を見つめたままで続ける。「中途半端なえせ職人がいるのも事実。僕は、このえせ職人というやつが大嫌いだ。連中がしがみついているのは、古いしきたりを守ることだけ。経験やカンに頼り、〝技術は見て盗め〟が口癖です」

大村にしては珍しく激しい口調だった。

ルカは凍りついてしまう。この人は、さっき木型加工所で榎本が小西にしたことを見ていたのかもしれない。それだけではない、先日、関が野島に向けて口にしたことも聞いていたかのようだ。――「そりゃ、おめえ、経験だよ。経験によって、カンは得られるんだ」

「本物の職人とは、勲章をもらったことを指すのではない。その人でなければつくることができない、唯一無二の技術を持つ職人のことです」

「うちには……いません」

ルカは絞り出すようにそう口にする。石戸谷も、もちろん自分も唯一無二の技術など持ち合わせていない。一方で、関や榎本をえせ職人などと呼びたくはなかった。

「唯一無二の職人っていうのは、いわばスーパースターの四番バッターです」

この間はゴルフだったけど今度は野球か、とすねた気分になる。

「しかしね、スラッガーの四番バッターさえいれば、ゲームに勝てるとは限らない。チームの総合力で勝つんです」

ルカはうつむいたままで言う。

「うちのような小さな会社は、大量生産のニーズは元からありません。多品種少量生産で生き残っていくしかないんです。それで、自動車の単品の試作品を中心にやってきました。でも先日、打ち切られてしまったんです」

「なら、ますます自動車部品をやるしかないな。〝中心に〟なんていうんじゃなく、特化するんです」

ルカは虚《うつ》ろに顔を上げる。

「しかし、もうその仕事を失ってしまいました」

「理由はなんです？　仕事を引き揚げられた理由は？」

「今よりももっと納期の短縮を求められたんです」

「それなら、短納期に対応できる体制をつくればいい」

ルカは今度は真っ直ぐに川面《かわも》を見つめた。

「ルカさんには、どうすればいいのかが、もうとっくに分かっているのではないですか？」

そこで自分は、あの相談を持ちかけた。清澄鋳造の命運にかかわる相談を。

3

「当社は、今後フルモールド法による鋳造を行います」

注湯所に集合した全社員を前に、ルカはそう宣言した。皆あんぐりと口をあけていた。自分の左右には、石戸谷と満智子が立っている。あらかじめふたりには、それを伝えていた。ルカは、ふたりに意見を求めたのではない。「フルモールド法に切り替える」という自分の決意を話し、納得させようとした。その時は、石戸谷も満智子も、今の社員らと同じような表情をしていた。

「つまり、木型をやめるってことだよな」

と榎本が言った。ここにいるのは皆が鋳物屋だ。フルモールド法がどういうものかは知っている。

「自動車部品についてはそうなります」

ルカは応えた。

榎本がなおも、「清澄鋳造は、木型屋から始まった会社だ。木型がつくれるっていうのを強みにやってきた。その伝統はどうなる？」と問い質《ただ》してくる。

石戸谷にも同じことを言われた。「木型法をやめるのは、これまでの会社の歴史をすべてなかったものにする」と。「親方がさぞ悲しむだろう」とも。

「エノさん、伝統ってなんですか?」

とルカは訊く。すると、待ってましたとばかりに彼が言ってきた。

「伝統っていうのはな、ずっと受け継がれてきた技術だよ。しきたりだ」

「沈みかかっている会社を、そのしきたりと引き換えにはできません」

ルカの言葉に、社員の間でどよめきが広がる。「沈みかかってる!」「うちの会社、あぶないっていうのか?」

「電気炉に、ここ最近火を入れていないのはみんなも気がついてるはずですよね」

打って変わってしんとなる。

「三洋自動車さまの注文がなくなったんです。うちは、自動車部品をつくらなければやっていけません」

ルカはゆっくりと皆を見回した。

「清澄鋳造は、早期から自動車のエンジン部品の仕事を行ってきました。伝統という意味でなら、自動車部品をつくることこそがうちの伝統なんです」そこまで言うと、ルカは榎本に顔を向ける。「そうじゃないですか、エノさん?」

ひょろりとした榎本がうつむいて、両手を握り締めていた。ルカはさらに話を続ける。

「そして自動車部品をつくることは、うちの収益の柱でもあるんです。これを行わないと、会社が存続できなくなります」

――「リストラという選択肢もあるのよ」と満智子に言われた。石戸谷と満智子に、フルモールド法への切り替えを進言した時だ。「この際、思い切って、三トン電気炉を廃炉にしてしまう。自動車部品を追うのをやめて、規模を縮小するの」

石戸谷も賛意を表した。「俺ももう齢《とし》だ。今さらフルモールドなんて、新しいことをしたくない。このままガス熔解炉で工芸品だけをつくり、会社もだんだんと小さくしていく。やがては、会社自体も自然と消え去るっていうのも、世の流れかもしれんな」

「なにが世の流れよ!? そんな流れなら、呑み込まれないで、逆らわなきゃ！」ルカは憤慨した。「それにリストラってなったら、給料の高いエノさんや関ヤンに真っ先に辞めてもらうわけでしょ？ あの人たちの年齢だと、再就職に苦労するよ！ これまでうちのために働いてきた人たちに、そんなひどい仕打ちができるの!? 〝会社自体も消え去る〟って、せっかく採用した野島君や小西君たち若い社員の未来はどうなるの!?」必死に訴えているうちに、目尻に涙が滲《にじ》んでくる。

石戸谷が困ったようにルカを眺めていた。そんなドヤオジを見返しているうちに、「ほうらまた顔に出た」という大村の声が蘇《よみがえ》った。「感情がすぐに顔に現れるというのは、プラスになりませんよ」

榎本の、「で、木じゃなく、今度は俺に発泡スチロールを削らせようってわけか」という言葉に、ルカははっとして今のこの場に立ち戻る。

「そう」慌てて返事した。「エノさんには、今後は発泡スチロールの模型もつくってほしいんです」

「〝模型も〟ってどういうことだ?」

彼が苦々しい表情をする。

「木型法を完全にやめるわけではありません。工芸品は、今後も木型法を続けます」

「俺っちがこれまで積み重ねてきた経験を捨てろっていうのか?」

そう言葉を発したのは関だった。

「フルモールド法っていったら、鋳造方案《ほうあん》も違ってくるよな」

ひょろりとして長身の榎本とは対照的に、小柄でずんぐりした関が今度はこちらを睨《にら》んでいた。まだ、そんなことを言っているのか! と、ルカは鋭い視線を彼に向ける。

「積み重ねてきた経験を捨てろとは言っていません。木型法で得た造型の経験を、フルモールド法で活《い》かしてほしいと言っているんです。うちで一番造型が分かってるのは、関ヤンなんですから」

関が押し黙る。榎本も関も、ルカが幼い頃に一緒に遊んでくれたお兄さんなのだった。改めて思う。自分が本当に制するべきは太陽ではない。今この場なのだ、と。

「いいですか」ルカは再び社員らを見渡す。「うちが今後フルモールド法で鋳造を行うこと、これは決定事項なんです。やる、やらないの議論は無用です。けれど、フルモールド法を成功させるための議論なら大いにしてください」

皆黙っていた。まあ、そうだろう。いきなりこんなこと言われて、戸惑わないはずがない。ともかく始まったんだ。ともかく……。


事務所に戻ると、「みんなもっと反発するかと思ったけど、意外に従ってくれたね」と満智子が笑みを浮かべた。

「充分に反発してたと思うけど」

ルカはぼそりと呟く。

「エノさんや関ヤンの気持ちも分かるな」と石戸谷が感慨深い表情をした。「手に馴《な》染《じ》んだ仕事を奪われるのがつらいのさ」

「奪ってないし！」

とルカは目を剝《む》く。

「大きな目ん玉だな、ルカは」

そう言って石戸谷が笑う。

「あたしって、感情がすぐ顔に出るのかな……」

「うん？」

「大村社長にそう言われた。〝感情がすぐに顔に現れるというのは、プラスになりませんよ〟って」

するとと石戸谷が、「そんなことあるもんか！」と憤慨する。「気持ちが顔に出るのは、ルカの一番いいとこだ。つまりは、人間に裏表がないってことなんだからな」

そんなものだろうか……と思う。

「それはそれとしてだ」と石戸谷が仕切り直す。「フルモールド法に替えるって件だが、齢を取ると新しいことに挑戦するのが億劫《おっくう》になるもんでな。俺だって、取締役って立場でなけりゃあ異を唱えとる」

「やる、やらないの議論は無用です」

ルカは再び繰り返した。

「そうだったな」

石戸谷が口を引き結ぶ。

「おカネが必要になるね」

と満智子が言ってくる。

「加工機をメーカーに戻して、カスタマイズしようと思う。それと、材料費。当面はそんなところかな」

それだけで、木型法からフルモールド法に切り替えられるのだ。口にするのは簡単だが。

「お父さんが設備にこだわらない人でね、うちはあまり借り入れがないんだ。三トン電気炉も、昭和の高度成長期に逸早《いちはや》くアメリカ製のを導入したけど、メンテナンスしながら大事に使ってるからいまだに現役だし」と満智子が言う。「とはいえ、仕事が減ったわけでしょ。貸してくれるところがあるかどうか……」

「社長の腕にかかってるね」

冗談めかして言ったら、母に額を軽く指先でつつかれた。

「あんたも無茶するよね、鋳造法を変えるなんて。さすが、木型屋から鋳物屋に商売替えしたユウジイの孫だ」

それを聞いてルカは思う。ユウジイならどうしていたか、と。

「大手の都市銀なんかじゃ、うちの話なんて聞いてもくれないだろうね」と満智子が思案する。「吾嬬信用金庫に行ってみるか。こういう時のために、月掛けの定期預金《ていつみ》にも付き合ったわけだし」

すると今度は石戸谷が、「あの専務理事の名前、なんていったかな？　ほれ、時々うちに顔を出す、鶴のように痩《や》せて頭の禿《は》げた」と満智子に言う。

「そうそ、ドヤさんと禿げ仲間のね」

石戸谷が苦笑いして頭を撫《な》でていた。明るい雰囲気に水を差さないよう、ルカは席を立つ。すぐ顔に出る自分は今、暗い表情をしているはずだから。

大村が来社した際、ルカは荒川土手で、フルモールド法に切り替えることを伝えた。

「それはいい」

と彼は手放しで賛成してくれた。しかし、やり方を伝授してくれないかという相談を持ちかけると断られてしまったのだ。

「やり方もなにも、うちではこうしているという手の内を、すべてルカさんには見てもらいましたよね。あれがすべてですよ」

甘かった、とルカは思う。フルモールド法を懇切丁寧に教えてもらえると考えていた自分が甘かったのだ。和也とどこか似た雰囲気を持った大村なら、自分に手を差し伸べてくれると……。浅はかだった。和也だって、ほかの誰かと結婚したではないか。

そこではっとする。あんたは、どこかで彼からの連絡を待ってたってこと？　そして、自分をせせら笑いたくなる。もう別れて六年も経《た》つんだよ。

鉄骨階段を降りていくと、一階の作業場ではそれまで使っていた木材の整理が始まっていた。発泡スチロール材料を置くスペースをつくっているのだ。そんな中、榎本が長身を折り曲げるようにして木工機をオーバーホールしている。どういうこと？

「エノさん……」

彼が振り向いて、「フルモールド用に改造してるんだ」とぶっきら棒に言う。細かいネジや歯車を、手づくりのものと組み替えていた。彼なら、汎用《はんよう》旋盤でネジ一個からつくることができる。おかげで機械が長持ちしているのだ。

「仕事が減ってるし、費用を抑えられるところは抑えないとな」

加工機から目を離さずに言う。

「ありがと」涙がこぼれそうになる。「ありがとね」

「ルカちゃんも、ああいうことをみんなの前で話すようになったんだな。小さい頃、俺のこと追いかけ回してたあのルカちゃんがって、な」

「え……」

「親方も喜んでることだろう」

指先を油で黒く汚しながら、けれど、榎本の表情は楽しげだった。泣き顔を見られないように、その場をあとにする。だからといって注湯所に行くわけにもいかない。居場所がないルカは、仕方なく外に飛び出すと、しばらくガード下に立っていた。

第三章 赤とんぼ

1

枯葉色の猫が真《ま》っ直《す》ぐに尾を立て、枯葉の上を歩き、こんにゃく稲荷《いなり》の横の細道を入っていくのを見た。今朝、会社に来る途中のことだ。そんな晩秋の午後、清澄 鋳《ちゅう》造《ぞう》の三トン電気炉に久し振りに火を入れた。工芸品の注湯《ちゅうとう》に使っている熔解炉《ようかいろ》はガスで火を熾《お》こすが、電気炉は電熱で鉄を溶かす。

濃紺の作業服姿のルカは、髪をきゅっと結びながら注湯所の奥の電気炉へと向かう。薄暗い構内全体に炉の音が地鳴りのように響き渡っている。鋼鉄の階段を踏みしめ、ルカは壁を覆う四角い台のような電気炉の上に立った。

「湯の温度は木型法と同じく一二〇〇度にしておいたぞ」

操作パネルの前にいる石戸谷が言う。温度調節が容易なのは電気炉の利点だ。

「了解」

と応《こた》えると、ルカはるつぼを見やった。溶けた鉄が大きな線香花火のような火花を、ばちばちとあたりにまき散らしている。電気炉の周りは季節と関係ない。汗ばむような暑さだ。窓のない注湯所の中で、るつぼだけが赤々と光を放っていた。荒ぶる獣《けもの》が吼《ほ》え立てるように火花を飛ばすのを見て、ルカは喜びを感じた。いや、頼もしかった。やはり電気炉が稼働するのはいい。たとえ、フルモールド法を試すための湯入れだとしても。

電気炉の階段を降り、注湯口の前に立つ。

「関ヤン、初めての造型はどうでした？」

と声をかけた。

「ばっちりだよ」と不敵な表情で関が言う。「これまで俺っちが、どれくらい木型法で湯道《ゆみち》をつくってきたと思ってんだ。パルプの管で、製品まで湯を引くなんざパズルゲームみたいなもんだ」

「面白かった？」

と、なおもルカは訊《き》く。

「ああ、面白かったよ」

ルカよりも背が低い彼が、こちらを見上げてにたりと笑った。

「それなら、結構です」とルカは言う。「やっぱり仕事は面白くなくては」

試しに工作機械の台座をフルモールド法で鋳造してみることにした。工芸品と違って、工業部品の砂型は大きい。一メートル四方はある。砂型の中には、発泡スチロールの四角い板が一枚入っている。まさしく機械を載せる台なのだが、駄《だ》モノではない。精密機械を載せる以上、台にも平行という精度が求められるのだ。

「さあ、行くよ！」

ルカは耐熱グローブをした両手を「パン！」と合わせた。辰沼が、心得たように隣にすっと近寄ってきて、フェイスガード付きのヘルメットを手渡してくれる。

初めてのフルモールド法での注湯とあって、社員の多くが集まってきた。遠巻きにこちらを眺めている。そこに満智子の姿を見つけると、ルカは頷《うなず》いた。満智子も頷き返す。

ヘルメットを被《かぶ》りフェイスガードを下ろしたルカは、「ドヤオジ、お願い！」と合図した。

するとすると電気炉のるつぼが前に傾き、真っ赤な滝が盛大な火花とともに流れ出す。注湯所の中が、一瞬にして明るくなった。溶けた太陽は、電気炉の前に置かれた直径五〇センチの鋼製のバケツに流れ落ちる。取鍋《とりべ》と呼ぶこのバケツをクレーンで吊《つ》り、砂型の前まで運んでいく。

取鍋の両側に、辰沼とルカが立った。ふたりは、息を合わせて取鍋の中の熔湯《ようとう》を砂型の湯口から流し入れた。流し入れの作業の極意は、静かに早く、だ。あまりに勢いよく流し込めば湯がこぼれてしまう。ゆっくりすぎると湯の温度が下がる。

「！」

フェイスガードの中で、ルカは目を見張った。湯を流し入れた途端に、砂型全体が火に包まれたのだ。

「なんだあれは⁉」「砂型が燃えてるぞ！」「どういうことだ⁉」みんなが口々に声を上げる。

燃えている砂型に、なおもふたりは流し入れを続けた。すると、なんと燃えている砂型の湯口から熔湯が飛び散ったのである。それは、まるで火山の噴火のようだった。

「危ない！　ルカさん、離れましょう！」

後ろに下がるわけにはいかなかった。フルモールド法への転換は、自分が言い出したことだ。火を怖がって、逃げるなんてできない。

「ルカさん！」

大柄な辰沼が後ろから抱きかかえるようにして、ルカを砂型から遠ざける。

「放して！」

だが、彼は腕の力を緩めない。すると、流し入れの湯口から、また噴火のように千数百度の火の玉が、ルカの顔のすぐ横をかすめるように飛んでいった。なんということだ……まるで、けだものだ。制御のきかない猛《たけ》り狂うけだもの。自分はとんでもない異端の技術に手を出してしまったのかもしれない。

2

「ユウジイの若い頃の話が聞きたいって、いったいどうしたの、ルカちゃん？」

志乃はきょとんとしていた。休日に祖母の家を訪ねていた。

晩秋からいつの間にか初冬になっていた。しかし、今日はおだやかで暖かい。こんな日を小春日和《こはるびより》というのだろう。縁側に向かい合って配された籐椅子《とういす》の一脚にルカは座っていた。窓から昼下がりの陽《ひ》がおっとりと射し込んでいる。二脚の椅子の間には、ガラストップのテーブルがあった。テーブル上には、手製のテーブルクロスが敷かれている。今日、ここに来た時も、志乃は柔らかな音をさせてミシンを踏んでいた。

ふたり分のコーヒーカップをテーブルに置くと、志乃は向かいに腰を下ろす。薄紫のカーディガンに、ゆったりとしたパンツを穿《は》いた志乃は八十三歳。豊かな白髪に紫色が似合っていた。齢《とし》のわりに動きがきびきびしている。

「ユウジイについて知りたかったのは、急にじゃないんだ」と言ってカップを手にする。ルカは、パーカーにジーンズ姿だった。自転車に乗ってここまで来る時には、パーカーの上に黒革のライダースジャケットを羽織っていた。「大学時代に流し入れを覚えたいってあたしが言ったら、ドヤオジに反対されたでしょ」

志乃は黙ってこちらを見ている。

「でもユウジイが許してくれたおかげで、あたしは注湯を習うことができた。あの時から――ううん、もっと前、高校の夏休みにアルバイトを始めた時から、ユウジイのことが知りたかったんだ」

本格的に工場でのアルバイトをするようになったのは高校生からだけれど、中学生の頃すでに自分は仕事を手伝っていた。いや、それ以前に、幼い頃から清澄鋳造はルカの遊び場だった。だから、火の光景を恐れることもない。……しかし、今度ばかりは、初めてその火が恐ろしくなったのだった。

フルモールド法での注湯は、あれから何度か試していた。湯口からの噴火は、毎回起こった。湯を流し込むことで、発泡スチロールが気化消失する。その際に発生したガスによって、砂型全体が火に包まれる。ここまでは仕方がない。ところが、湯口から溶けた鉄が吹っ飛んでくる。これでは、注湯ができない。仕方なく離れて様子を窺《うかが》い、噴火が鎮まってから、また流し入れを再開する。自分は怖々《こわごわ》それをしていた。またあの火の玉がすごい勢いで飛んできたらと思うと、怖くて仕方ないのだ。鋳物師《いもじ》が湯を怖がるなんて……。砂型から現れたのは、ひどいものだった。砂が鋳物に焼きついて離れないのだ。

もの心つく頃から勇三に、「ルカ、おまえがここを継ぐんだからな」と、言い含められてきた。しかし、火を恐れる今の自分を祖父はどう思うだろう？　ユウジイになんて言われるかな？　それだけではない、榎本が木工機を発泡スチロール用にカスタマイズしてくれたのだって、結局はルカが勇三の孫だからなのだ。「親方も喜んでることだろう」と彼は言っていた。

自分は、勇三のことをなにも知らない。清澄鋳造を起こした祖父がどういう人だったのか？　それはいつでも聞ける話だと思っていた。だが、勇三は自身について語ることはほとんどなかった。そうして、ルカが大学三年の時、祖父は八十一歳で亡くなった。

「ユウさんが婿養子《むこようし》なのは知ってるわね？」

ルカは頷いた。志乃は、勇三をずっと〝ユウさん〟と呼んでいた。普通〝お父さん〟や〝おじいさん〟に呼び名が変わるのだろうが、彼女はずっと〝ユウさん〟だ。おばあちゃんは、ユウジイのことがホントに好きなんだな、とルカは感じたものだった。そして、勇三が亡くなった今も、彼女は〝ユウさん〟と呼んでいる。

「ユウさんは、滝沢《たきざわ》勇三といって、群馬県の農家の三男坊だった」

志乃がコーヒーをひと口飲んだ。彼女はユウジイとコーヒーが好きだ。いつも砂糖を使わず、ミルクを少しだけ入れる。カップのデザインがステキだ。

「三男、それで勇三なんだね」

ルカの言葉に志乃が頷く。

「それなりに大きい農家だったんだけど、実の母親が亡くなってねえ。父親の後添《のちぞ》いになった義理の母親に邪魔にされたみたい。その継母《ままはは》には、連れ子の男の子がいたのね。いくら畑があるっていっても、息子四人では食べていけない。それで、実の子より少しだけ年長のユウさんが疎《うと》まれた」

そこで、志乃が「分かる？」というようにこちらを見た。ルカは頷き返す。

「ユウさんの実の父親も、女房に逆らえなかったみたい。それで口減らしに、ユウさんは東京に出された。そうしてやってきたのが、清澄鋳造の前身、清澄木型《きがた》だったの」

清澄木型は、ルカの曾祖父である仙吉《せんきち》が創業した。道具箱ひとつを頼りに各地を渡り歩く流れ大工だった仙吉は、鋳造で用いる木型をつくるようになった。「大工なら木型もつくれるだろう」と言われ、手慰み程度で始めたのが性に合っていたらしい。つくるものが評判になり、あちこちから引きも切らず注文が舞い込む。それで腰を落ち着け、職人も雇って清澄木型という木型製作所を起こした。その地が、吾嬬町《あずまちょう》とは一級河川の荒川を挟んだこの葛飾《かつしか》だ。

志乃は、かつて清澄木型があった場所に建てた家に、今はひとりで住んでいる。ここは満智子の生家でもあった。満智子とルカは、会社近くのマンション住まいだ。志乃にも一緒に暮らそうと言っているのだが、祖母はここから動きたがらない。

「旧制中学を出たばかりでやってきたユウさんは、呑《の》み込みが早かった。木型をつくる腕がよいばかりでなく、ユウさんの聡明さに、あなたのひいおじいちゃんは関心を寄せた。それで、高等専門学校に通わせたの。いつかは清澄木型の跡取りに、って考えたんでしょうね」

仙吉にとっては女房、志乃にとっては母を早くに亡くし、父娘《おやこ》はふたり暮らしだった。住み込みで働くようになった勇三は、家庭を明るく彩ったのだ。

「ひいおじいちゃんは、ユウジイをおばあちゃんのお婿さんにすると、早い段階から考えてたってこと？」

祖母が〝ユウさん〟と呼ぶのを聞いて、自分は〝ユウジイ〟と呼ぶようになったのだ。志乃のことはおばあちゃんと呼ぶ。

「さあ、どうかしらね」

ほんのりほほ笑むと、志乃は窓の外に視線を移した。この家には、ひどく狭いながら庭がある。小さな家がごみごみと建て込んだ下町には珍しい。志乃がここを離れたがらない理由のひとつが、この庭への愛着ではないかとひそかにルカは考えている。いや、庭だけではない、志乃にはあり余るほどの思い出がこの家のそこかしこにあるはずだ。

「若かりし頃のユウジイは、おばあちゃんのことどう思ってたの？」

「五歳齢下だったわたしを、ただ子どもだとしか感じてなかったと思う」

「なら、おばあちゃんはどんなふうに思ってた？」

「どんなふうにって、ねえ……」

と、そこで口をつぐむ。ルカには、答えが分かっていた。分かっているくせに訊いたのだ。

志乃が目を伏せ、再び顎《あご》を上げた。

「ひいおじいちゃんは、自分が受けられなかった教育を、将来を嘱望《しょくぼう》するユウさんには身につけさせたかったんじゃないかねえ。ところが、十九歳になったユウさんは、学校を中退して陸軍航空部隊に志願したの。昭和十九年——終戦の前の年の冬のことだった」

ユウジイは昭和の年号と齢が一緒なんだ、となんとなく思う。

「〝なんで志願までして〟って、ひいおじいちゃんは反対したけど、ユウさんの決心は固かった——」

作業場から同じ敷地内にある母屋に戻ってくると、「なあユウさん、どうしてなんだ?」と仙吉が尋ねる。仙吉は痩《や》せて小柄だ。亡くなった志乃の母は、大柄で、蚤《のみ》の夫婦といわれていたようだ。いかにも健康そうだった母が若くして亡くなるのだから分からない。

勇三は肩幅の広い体軀《たいく》を縮めるように、かしこまって正座している。台所の板の間に立ち、十四歳の志乃は茶の間にいるふたりの姿を見守っていた。

「なあ、ユウさん」

と仙吉は再び呼びかける。責めるような口振りではなかった。ただ真意が知りたいのだろう。それは志乃も一緒だった。

「社長、勝手をしてすみません」

詰襟の学生服姿の勇三は、畳に手をついた。

「俺は、実の親父にさえ邪魔にされ、家を追い出された男です。そんな自分に、血のつながらない社長は、どこまでもよくしてくれました。本当に感謝してます」

頭を擦《こす》り付けんばかりにする。

「どちらにしても、そのうち召集されます。ならば自分から航空兵に志願して、社長と志乃ちゃんを守るために戦いたいんです」

「もしもな」と仙吉がゆっくりと声をかけた。「死ぬ覚悟でいるんなら、それは間違いだぞ」

勇三が顔を上げた。左右がつながりそうなほど太く濃い眉の下の目には迷いがなかった。その表情を見て、志乃は嫌な予感がした。

出征当日は、前夜に降り続いた大雪で、あたり一面が銀世界だった。そうした中、この町の何十人もの人に、勇三は歌で送り出されたという。〝勝って来るぞと勇ましく〟で始まる歌に。

「その曲の歌詞にね、〝死んで還《かえ》れと励まされ〟とあってね。みんなが揃《そろ》って歌うのを聞いて、わたし、なんてむごいんだろうって思った。だって、口を揃えて〝死んでこい〟って囃《はや》し立ててるんだもの」

勇三は埼玉県の熊谷《くまがや》陸軍飛行学校に入校する。上野駅には、ほかにも各地の連隊に向から出征兵を見送る人々がプラットホームまで詰めかけていた。万歳三唱で送り出された汽車は、しかしすぐに雪でスリップし停《と》まってしまった。少しでも長く兵士たちと話そうと、大勢の家族が客車に駆け寄る。志乃もそのひとりだった。

「ユウさん、必ず生きて帰ってね」

仙吉も木型職人らも勇三を〝ユウさん〟と呼んでいた。志乃もそれに倣《なら》って、齢上の彼をそう呼んでいた。

「ねえ、ユウさん、約束して。きっと帰るって」

けれど、窓枠に腕を載せた学生服姿の勇三は約束してくれなかった。黙ったまま、志乃を見てほほ笑んでいるだけだ。その笑みも、いつもの剽軽《ひょうきん》な笑顔とは違っている。

仙吉が、「あまりユウさんを困らせるな」と、列車から志乃を引き離す。〝困らせる〟ってどういうこと？　じゃ、やっぱりユウさんは死ぬ覚悟をしているの？　その時、ホームに駅員の笛の音が響き渡り、再び列車が動き出した。

「ユウジイは特攻隊員だって」

ルカが言うと、志乃が小さく首を振った。

「〝特攻要員と、出撃して帰れなかった特攻隊員とは違う〟って、ユウさんは言ってた。そして、〝自分は特攻要員ですらない〟とも」

「ユウジイがそんなことを？」

志乃がルカの顔を見る。

「ユウさんの背中ね……左腕の付け根から背中にかけて傷があったの覚えてる？」

「うん」

夏、この縁側で夕涼みをする時など、ランニングシャツ姿になった勇三の背中の左側に、大きな傷痕《きずあと》があるのを目にした。それは、ちょうどガラスを弾丸が貫いてできたひび割れのようだった。

「ユウジイの背中にある傷——あれは怪我をしたってことだよね？　相当な大怪我だと思う。なにがあったの？」

やはり石戸谷の言うとおり、空中戦で受けた傷なのか……。

志乃が、縁側の窓越しに明るい午後の陽射しを見やった。

「ユウさんは、訓練中に怪我をしたの。わたしが知ってるのは、ただそれだけ。ユウさんはくわしいことを話したくなかったみたい」

＊　＊　＊

一九四五年（昭和二十）二月、勇三は複葉《ふくよう》の〝赤とんぼ〟で熊谷陸軍飛行学校の滑走路を飛び立った。赤とんぼとは朱塗りの九五式一型乙中間練習機のことで、助教がそう呼んでいたので、見習い兵もそれに倣ったのだ。

実地教育を行うのが、助教という立場の若い下士官だ。最初は、赤とんぼの複座の後部席に乗って、前の席の助教が操縦するのを見るところから始まる。右手は操縦桿《そうじゅうかん》、左手は絞り弁を操作するレバーを握りながら、左右の足先で方向舵《ほうこうだ》に直結するペダル式の操舵《ラダー》を踏む。同時に正面の計器盤にある多くの指針に注意を払い、耳は有線通信を正確に捉えねばならない。だいたいの動きが分かってくると、今度は自分で操縦する。自分が乗らない時は、ほかの見習い兵の飛行を見上げて学ぶ。待機所《ピスト》で助教が赤とんぼの動きを見て解説し、見習い兵は自分で操縦桿を握ったつもりで頭の中で動作を考えるのだ。飛行訓練三十時間でだいたい単独飛行《ソロ》に移行する。四十時間でソロに出られないと、操縦不適者として通信や整備などの地上勤務に回されるので、必死だった。皆、飛行兵になりたくて志願したのだから。

飛行学校に入るための受験会場は九段の軍人会館で、全国から一万三千名の学徒が集まった。一年半の訓練で飛行機乗りになれるというふれこみに、勇三も飛びついた。大学や専門学校などで教育を受けた者たちへの募集で、高専に通う自分にも受験資格があった。「木型屋だからって、木のことだけ分かってりゃあいいってもんじゃない」との仙吉の助言で、高専では金属を学んだ。

筆記試験は、軍人の心得などを記述するありきたりなものだったが、適性検査は厳しかった。まず、視力検査の結果が重要視された。近眼は論外で、遠視に近いくらいの視力が求められる。高空では気圧が下がり酸素が少なくなるので、肺活量が小さい者も落とされた。それから、目をつぶって何秒立っていられるかの平衡感覚の試験。いろいろな方向に回転する椅子に括《くく》りつけられ、前転、後転、横倒しにされるなど、ひっちゃかめっちゃかにされる試験もあった。志願者の多くは下ろされた途端に胃の中のものをぶちまけていたが、勇三は平気だった。これは二度繰り返され、二度とも吐いたら不合格らしい。

定員は当初、千二百名と聞かされていたが、急遽《きゅうきょ》、倍以上の二千五百名を採用することになった。こんなところにも、逼迫《ひっぱく》する戦況が窺《うかが》えた。採用者は、全国の飛行学校に分かれて入校する。一年半で飛行機乗りにするというが、実際に入営してみると速成訓練であることが分かってきた。さらには、この飛行学校自体が今月で閉鎖されるという。九州の目達原《めたばる》飛行場に移るのだ。「一命を国に捧《ささ》げることを熱望する者は、一歩前に出ろ」と上官に言われた。集合をかけられた訓練生全員は、よく分からないままに一歩前に出た。それこそが、自分たちの間で噂《うわさ》されていたあの作戦の参加を熱望するという意思表示を求められたものだったのだ。敵艦を目標に爆弾を抱いて体当たりするという作戦だ。敵の艦船を道連れに華々しく散る。目達原に行けば、空中戦の訓練などない。ただひたすら四五度の急降下と編隊を組む訓練ばかりになるだろう。しかし勇三は、死ぬ覚悟がすでにできていた。志願した時からだ。だから、上野駅で見送ってくれた志乃が言う「必ず生きて帰ってね」という約束に応えることができなかったのだ。思い残すことはない。いや、あるとしたら、大人になった志乃の姿をひと目だけ見ることだった。

勇三はソロで飛ぶようになっていた。滑走路から上昇すると、眼下に平野の耕作地帯が広がる。冬の今は、土ばかりの風景がどこまでも続く。高度七〇〇メートル。陽光を反射し、そこだけが白く見えるのは荒川だ。何度眺めても心躍る風景だ。この川は、清澄木型のほど近くを流れる荒川放水路に続いているのだ。航空眼鏡を飛行帽の額部分に上げた勇三は、訓練であることを忘れ、鼻歌のひとつも歌いたくなる。この高揚する気分はなんだろう？　楽しかった清澄木型での日々を思い出すからか？　いや違う。自分は仙吉と志乃を守るため死のうと誓った。間もなく、その願いが達成できるのだ。それに目達原では、赤とんぼを卒業して、九七《きゅうなな》式戦闘機で訓練するようになる。第一線で使われなくなったとはいえ、九七戦は赤とんぼと違って格段にスピードが出る。空中戦の練習はしない。特別攻撃に必要ないからだ。それでも、自分は九七戦に乗ることが楽しみなのだった。

上空に白い雲。前方の地平線を基準に飛行姿勢を確かめると、勇三は宙返りの操作に入る。操縦桿を手前いっぱいに引くと同時にレバーを押してエンジン全開。エンジンが唸《うな》りを上げ、急上昇する。円弧を描いて機は背面姿勢になった。ふっと尻が座席から浮き、天と地がくつがえる。エンジンを絞ると、機首は地面へ向かって真っ逆さまに落ち始める。操縦桿を腹に引きつけ、機首をもたげる。地面が後ろに流れて天地が元に戻った。

この宙返りをしくじって、何人かの訓練生が死んでいる。離陸して飛ぶのがやっといった者たちが、短時間で上昇反転、錐揉《きりも》みなど特殊飛行を習得しようというのだから当然だ。あまりにも頻繁に死者が出るので、ますます死に対して鈍感になっていった。

死体処理は嫌なものだ。自分たち訓練生がそれを行う。手にバケツを提げ、現場に向かう。遺骸《いがい》は広い範囲に飛び散って、人間の形を留《とど》めていない。革の手袋をしたまま肉片を拾っていたら、上官にいきなり尻を蹴《け》り飛ばされた。

「航空手袋は操縦桿を握るためのものだ！　戦友の亡骸《なきがら》を素手で触るのがそんなに嫌か⁉」

この時ばかりではない。上官や助教、古兵に蹴られるのは日常茶飯事である。顔を殴ると視力に影響するから、尻を蹴られるのだ。死ぬことは気にならないが、蹴られるのはうんざりだった。

今日が赤とんぼに乗る最後という朝。飛行機は必ず先に整備兵が乗って、エンジンを始動させる。この機は大丈夫だと確認すると降りて、搭乗員が乗り込む。訓練生は、航空服に絹の襟布を首に巻くなどという一人前の飛行機乗りの恰好《かっこう》をさせてもらえない。航空帽は被るが、白い事業服に黒の半長靴だ。

勇三は離陸態勢に入った。赤とんぼには癖がある。プロペラを回すと、尻が横に振れるのだ。それを方向舵で修正して真っ直ぐにしないと離陸できない。滑走しながら左右のペダルを操作していた時だ、目の前を横切った者がいる。

「貴様《きさま》!」

思わず声を上げていた。同期の訓練兵、丸岡《まるおか》だった。慌ててペダルを踏み込み、機を止めようとした。すると赤とんぼが急回転し、勇三は操縦席から外に投げ出された。二葉ある翼の、下翼の上をごろごろと転がり、左腕の付け根に激痛が走った。翼から飛び出した鋭い楔《くさび》が突き刺さったらしい。痛みに声も上げられず、次の瞬間、幕を下ろしたように目の前が真っ暗になった。

一九四五年(昭和二十)八月、勇三は千葉県の九十九里浜《くじゅうくりはま》にいた。敵国の本土上陸を迎え撃つため、房総半島に陣地を建設する。建設などといっても、スコップで塹壕《ざんごう》を掘ったり、自然の洞窟《どうくつ》をつるはしで拡張するくらいしかできない。銃や弾だけではない、建築資材も不足していた。なにしろまともな靴さえなかった。ろくなものを食っていないから、どの兵隊も痩《や》せ細っていた。

　塹壕を掘っていた手を止め、じりじりと照りつける灼熱《しゃくねつ》の太陽を見上げる。星の徽《き》章《しょう》の付いた戦闘帽を脱ぎ、腕で額の汗を拭《ぬぐ》った。

「おまえ、なにやっとるか！」

　途端に片倉《かたくら》参謀の怒号が飛んでくる。

「一億国民総決起の決号作戦だ！　上陸してきた敵軍に対し、本土決戦を断行するのである！　滝沢、おまえ外に出ろ！」

　そう命じられ、勇三は溝の縁《ふち》に両手を掛け、這《は》うようにして上がった。

「だいたいおまえは忠誠心の欠落者だ。命が惜しくて、わざと怪我をしたんだろう？」


　赤とんぼの操縦席から投げ出され、背中に傷を負った勇三は病舎にかつぎこまれた。ただちに傷を縫い合わされたが、雑菌が入り、危篤状態に陥った。やっと熱が下がったのは、怪我をしてから何日後だっただろう？　病床を丸岡が見舞った。

「すまん、滝沢」

　丸岡は、忘れた弁当を取りに兵舎に戻り、助教に見つからないようピストに戻るつもりだったらしい。

「それで、滑走路を横切ったのか？」

寝台に半身を起こした勇三は、呆《あき》れて言った。和服形式の白い傷病衣の下には、たすき掛けしたように包帯を巻いている。

「見つかると、また蹴られるからな。なにより、弁当を取り上げられるようなことにでもなったら、かなわん」

「貴様のような大喰《おおぐ》らいが、なぜ弁当を忘れる？」

すると丸岡が、照れたように頭を掻《か》いた。

「手紙が届いて、ついぼんやりしてた」

「家族からの手紙か？」

と訊くと、「いや」と言う。

「もしや女か？」

そう問うと、頷いた。

勇三はにやりとして、「許嫁《いいなずけ》か？」とさらに訊く。

「そんなんじゃない。ただの幼馴染《おさななじ》みだ」

「だが、惚《ほ》れてるんだな？」

丸岡が団子《だんご》っ鼻《ばな》の顔を赤くして、しばらくうつむいていた。勇三は、なぜだか志乃のことを思っている。なぜだか……。

自分は病舎の大部屋で療養していた。部屋にいるのはもうひとり、離れたところで腹をこわした整備兵が今朝から寝ている。

やがて丸岡が顔を上げると、「明日、目達原に移る」と告げた。

「そうか」

勇三の声音《こわね》が下がる。これまで訓練をともにしてきた仲間たちと、一緒に向かえないことが残念で仕方がない。

「滝沢、貴様が羨《うらや》ましいという声もある」

自分の耳を疑った。

「今度の作戦を無謀だと言って、目達原に行きたくない者もいる。命が惜しくて、夜も眠れずに苦しんでいる者も。考え方はさまざまだ」

「俺は行きたかったぞ！」

思わず声を荒らげると、向こうで寝ていた男が、跳ね起きるようにしてこちらを見た。

丸岡が寝台の横に土下座し、「すまん、滝沢」と許しを乞《こ》う。

「よせ、軍神がそんな真似《まね》をするな」

丸岡がこちらを仰ぎ見る。

「俺もすぐにあとを追う」

勇三の言葉に丸岡が立ち上がって、「靖国《やすくに》で会おう」と告げた。

「卑怯者《ひきょうもの》め！」目の前の片倉が勇三の胸倉をつかみ、「死んだ連中に申し訳ないと思わんか！」そう言い放つ。

目達原飛行場に移った丸岡は、沖縄に向け出撃していった。傷が癒えた頃、勇三は決号作戦のため、九十九里浜に移された。本土の全地上戦力を侵攻予想地に集中させ、上陸してきた敵軍に対し決戦攻勢を断行する。

「おまえは人間の屑《くず》だ！」

いきなり横面《よこっつら》を張られた。口の中に錆《さ》びた鉄の味が広がる。

「軍人の屑以上に人間の屑だ！」

二発、三発と殴られた。倒れると、腹を蹴られる。さらに肋骨《ろっこつ》が折れるのではないかというほど蹴られ続けた。最後に、まさに屑みたいに塹壕の下に蹴り落とされた。

「飛行機を寄越せ！」と勇三は声に出さずに叫んだ。「死ぬ覚悟はできている！」と。だが、もはや飛行機など残っていないのだ。ならば、上陸してくる敵と刺し違えて死んでやろう。

「おい、大丈夫か？」

すぐさま二等兵の熊山《くまやま》が巨体を揺らせてやってくる。

「こらクマ、手を休めるな！」

熊山に難が及んではいけない、勇三はすぐにスコップを手にすると作業を再開した。

こちらを見下ろしている片倉を、熊山が睨《ね》めつける。

「なんだクマ、その目は？」

熊山が片倉からゆっくりと視線を外し、無言でスコップを動かし始めた。

片倉が舌打ちして去ると、「あんた、目を付けられたみたいだな」と熊山が言って寄越す。上官に対しては「わたくし」、同僚間は「貴様」と「俺」と言えと教え込まれているのに、そうしたことも無視している。

「片倉参謀は、あんたら学徒兵をひがんでるんじゃないか」と熊山がなおも言う。スコップを扱う手を休めず、こちらを見ることもしなかった。「士官学校は大学や高専よりも教育期間が短いからな。俺たちと齢が近いのに参謀になったはいいが、軍人教育ができるだけで、そのほかの学問はない。きっと負い目があるんだ。おまけに、あんたは選ばれた飛行機乗りときてる」

兵力の欠乏を補うための〝根こそぎ動員〟で召集されたのが熊山だ。娑婆《しゃば》でなにをしていたかは知らないが、上官にも平気で不遜《ふそん》な態度をとるふてぶてしさがある。それでもやたらと図体が大きい彼は、なんとなく見逃されていた。

朝から暑い日だった。いつものように塹壕を掘っていると、天皇陛下のお言葉があるから全員集まれと片倉に言われ、寝泊まりしている小学校の講堂に戻った。いよいよ本土決戦だから、各員いっそう奮励《ふんれい》努力せよという激励のお言葉だと思っていた。

正面の台に置かれているラジオに、百二十名ほどの大隊が整列して耳を傾ける。ところが、雑音がひどくてよく聴き取れない。すると熊山が隊列からのそりと離れ、ラジオの横に行って揺さぶったり、ぽんと叩《たた》いたりした。

「こら、クマ！　陛下に対して無礼であろう！」

片倉がすごい剣幕で駆け寄ると、熊山を殴りつけた。

放送が終わると、嗚咽《おえつ》や、すすり泣く声が、あちこちから聞こえた。「一億玉砕だ！」誰かが叫んだ。後ろのほうで、「戦争は終わった。家に帰れる」と解放されたような話し声がする。

熊山が、「この野郎」と低く唸《うな》ると、鋭い目つきで片倉に近づいていった。

「な、なんだ、おまえ！　上官に対してその態度は！」

怒鳴りつつも、片倉の口調はしどろもどろだった。その顔面をいきなり熊山が殴打《おうだ》する。

「関係ねえんだよ、もうそんなこたぁ」

熊山が力いっぱいもう一発見舞うと、片倉はひっくり返った。熊山が引き起こすと、鼻血を垂らしている片倉の両頬をぺしりぺしりと手のひらと甲を使ってゆっくりと往復びんたした。片倉は怯《おび》えた目で熊山を見上げている。熊山のほうはにたにたしていた。歩兵の誰もが片倉には恨みがある。止めようとする者はいなかった。士官も見て見ぬふりをしている。この瞬間、自分たちがいっさいの力を失ったことを知っているからだ。下手をすると、自分がひどい目に遭う。いや、ここにいる歩兵全員が暴徒と化す可能性もあるのだ。

「ひゃあ～」

片倉が夢中で熊山の手を振りほどくと、講堂の外に飛び出した。それを、熊山が追いかける。大柄な熊山は、意外に足が速くて校庭の真ん中で片倉を取《と》っ捕《つか》まえた。そうした光景を、勇三は呆然《ぼうぜん》と目に映していた。

さっきまで途切れていた蟬《せみ》の声が、急に耳を覆う。空気がひんやりと感じられた講堂の中は、蒸すような暑さがぶり返してきた。

なんということだ……死にそこなってしまった……。

十日過ぎてから主計の将校がやってきて、復員を告げられた。ひとりひとりに復員先までの交通費に代わる乗車証と、未払いの俸給が支給された。

勇三は東京に戻ったが、葛飾の清澄木型には戻る気になれず、一面焼け野原の町をうろついた。夜は上野駅の地下道で眠ることにする。そこには、大人の姿もあったが、子どもも大勢いた。子どもは子どもだけで集まっている感じだった。皆、戦災で親を失った子どもたちだ。

壁にもたれて地べたに座ってみると、勇三は大人の集団の端っこで、右隣からは子どもらの集団が続いていた。背嚢《はいのう》から蒸《ふ》かしたさつま芋を取り出して食おうとすると、隣にいる幼い男の子がじっと見ているのに気づく。どうやら、真ん中にいる十歳くらいの、もじゃもじゃした癖《くせ》っ毛《け》の女の子が姉で、両脇に弟と妹を連れているようだった。

「ほら」

勇三はさつま芋を真ん中の女の子にやった。頬は汚れていたが、真っ直ぐな目に志乃の面影を見たような気がした。「必ず生きて帰ってね」と志乃は言っていた。それに応えられるはずなのに、自分はどこかしっくりしないでいるのだ。

「ありがとう」

女の子は芋を大事そうに両手で受け取ると、三つに割って弟と妹に手渡した。そして、「ほかの人に見えないように食べるんだよ」と低い声で言い含める。三人は夢中で芋を食べていた。

向かい側には寝転んでいる子が何人かいた。そうした子に、役所の職員らしい大人が近づいていき、ぽんぽんと尻を軽く叩いた。動かないと、抱えて連れ出された。死んでからやっと手を差し伸べられるということか、そう勇三は思った。

うとうとしていると、近くを歩き回る人の気配で目を覚ます。背が高いわりに、ひどく猫背の男だった。白い開襟《かいきん》シャツに国民服のズボン姿で、足もとは払い下げらしい編み上げの兵隊靴を履いている。役所の人間ではない。いったい何者だろう？　照明の乏しい地下通路の薄闇の中に、特徴のある長い横顔が浮かび上がった。どうやら酒に酔っているようだ。

「天使が空を舞い、神の思召《おぼしめし》により、翼が消え失《う》せ、落下傘《らっかさん》のように世界中の処々方々に舞い降りるのです。私は北国の雪の上に舞い降り、君は南国の蜜柑畑《みかんばたけ》に舞い降り、そうして、この少年たちは上野公園に舞い降りた、ただそれだけの違いなのだ、これからどんどん生長しても、少年たちよ、容貌《ようぼう》には必ず無関心に、煙草《たばこ》を吸わず、お酒もおまつり以外には飲まず、そうして、内気でちょっとおしゃれな娘さんに気永に惚《ほ》れなさい」

強い東北訛《なま》りが感じられる声で、そんなことをぶつぶつ呟《つぶや》くと、男は前につんのめるようなせかせかした足どりで去っていった。

＊　＊　＊

「ユウジイは怪我を負った。それで、特攻隊として出撃しないで済んだ」

ルカが言うと、志乃が目を伏せた。

「出撃しないで済んだというのが、平和な今の時代の考え方よね」

「え、なにか違ってる？　特攻に行かなかったから、生きて帰れたわけでしょ？」

そうルカは反論する。

「でもね、ユウさんは出撃できなかったと考えていた。生き残ってしまった、と」

「ユウジイは、戦争で死ななかったのを悔やんでたっていうこと？」

そう口にしながら、ルカは信じられないと思う。そんな感情、信じられない、と。

「悔やむ……その言葉が当てはまるかどうかは、わたしには分からない。それは抱えていたユウさん本人だけが知っている感情だから」

ふたりとも黙っていた。しばらくして、志乃が小さく首を振る。

「ユウさん本人にも、自分の気持ちが分からないでいたのかもしれないねえ。もしかしたら、それを知ろうとすることが、ユウさんが戦後を生きる意味だったんじゃないかしら」

学生だったルカがこの家を訪ねると、勇三は豚の角煮なんかを肴《さかな》にウイスキーを飲んでいた。ルカの顔を見ると、「おまえもこっち来て、一緒に飲め」と誘った。そんなユウジイの顔に、不可解な影なんてなかった。幼い頃、よくユウジイの革ジャンの背中に頰《ほ》っぺたを押し付けて、自転車の後ろに乗ったっけ。自分の押し当ててる頰の先に、そんな感情があったなんて……。だいたい「なんともなるさ、アイアイサー」なんて口走ってるユウジイが、死ななかったのを悔やんだりするか？

日向の縁側で、志乃が遠い目をした。

「清澄木型に帰ってきたユウさんの姿を見た時、変わったなって思ったの。出征する前との違いは、目立たないけど大きかった。ユウさんは、父とわたしのために死ぬことを覚悟して出征した。けれど、生きて帰ってきた。それを、まるでいけないことのように感じてしまったみたい」

＊　＊　＊

一九四五年（昭和二十）九月の夕間暮《ゆうまぐ》れ、兵隊服の勇三は清澄木型の敷地にゆらりと入っていった。

「きゃっ」

玄関で出くわした志乃が声を上げる。

「ただいま」

勇三がぼそりと言うと、「ユウさん！」と目を大きく見開く。その目が、喜色を帯びていくのを見て、この子は俺が帰ったのを嬉《うれ》しがってくれているようだと感じる。

「なに⁉　ユウさん⁉」

そんな声が聞こえ、奥からばたばたと足音を立てて仙吉がやってきた。

「ただ今帰りました」

軍隊仕込みの、上体を四五度に傾ける挨拶《あいさつ》をする。

「なにかしこまってるんだよ。さ、上がれ、上がれ」

しかし、ためらってしまう。

「足が汚くて」

すると、志乃が慌てて台所に湯を沸かしに行った。

今年三月十日未明の東京大空襲も、葛飾区は被害が比較的少なかったそうだ。被害が大きかったのは荒川放水路を挟んで位置する向島区《むこうじまく》で、吾嬬町《あずまちょう》にあった鋳物屋《いものや》もほとんどが焼けてしまったらしい。

「それでも、みんなバラックで仕事を始めてるんだ」と仙吉が説明する。「しかしよ、そのバラック小屋を建てようにも、木材が不足してる。ガード脇にある楡木《にれき》鋳物なんかは、廃業した醬油蔵《しょうゆぐら》をばらして千葉から運んできて組み立てたって話だ」

新しい国が生まれようとしているのだ、と勇三は思った。自由で、活力に満ちた、新しい世の中が。

「いや、不足してるのは木材だけじゃねえ。なんもかんもがねえんだ。鍋釜をつくろうにも、鋳物屋の建屋と一緒に木型が燃えちまってるから、注文がわんさか来てる。ホントは残業してえとこなんだ。でもよ、電力不足で暗くて仕事にならねえから、みんな帰してるんだ」

みんなというのは、三人いる従業員のことだ。兵隊にとられた者もいたが、無事復員してきたようだ。

志乃が戻ってきて、たらいに湯を注いでくれる。勇三は、そこに足を差し入れた。ひどくよい気持ちだった。志乃が屈《かが》んで洗ってくれようとするので、慌てて、「自分でする」と断り、手で足の指の間をごしごしこすった。

志乃がおかしそうに笑う。頭の真ん中で分け、ふたつに結んだ髪が匂うようだった。会わなかった一年分だけ大人びていた。きっとこれからどんどん変わっていくことだろう。

「ユウさん、仕事はたっぷりあるからな」

仙吉がからから笑った。

「そんな、お父さん」と志乃がたしなめるように口を挟む。「ユウさんは、帰ってきたばかりなのよ」

するとと仙吉が、「そうだったな」と頭を掻いた。

座敷に上がると、軍でのことを仙吉があれこれ訊いてくる。だが、はぐらかしてくわしいことは話さなかった。仙吉も追求するのをよした。そのうち自分から話すだろうと思ったのかもしれない。

風呂にも浸《つ》かった、食糧不足の中、志乃がこしらえてくれた心づくしの晩飯も食べた。久し振りに自分の寝間着で自分の布団で寝る。だが、どうにも落ち着かなかった。さっき、この家に上がろうとして躊躇《ちゅうちょ》する気持ちが働いたのは、兵隊靴の中の足が汚れていたからではない。自分は、ここに帰ってきていいのだろうかという疑問が湧《わ》いたからだ。

勇三はまんじりともせず一夜を過ごした。雨戸の隙間《すきま》から白い陽が射すと、再び兵隊服に着替える。そして、復員を告げられた時にもらった俸給を畳の上に残すと、背嚢を担ぎ素早く外に出た。もっと早く、夜中のうちに出てもよかったのだ。しかし、眠ることができたなら、目覚めた時には気持ちが変わっているかもしれないとも考えていた。できたらここにいたい。仙吉と志乃と一緒にいたい気持ちはもちろんあった。だが、おめおめと帰ってきてというもう一方の自分の気持ちが、それを許してはくれないのだ。

清澄木型の作業場と母屋がある敷地から通りに出ると、驚いた。志乃が立っていたのだ。

「ユウさん、どこに行くの？」

「ちょっと……そこまで」

「背嚢までしょって、そこまでもないもんでしょ」

勇三は顔を背ける。

「帰ってきた時から様子がおかしかった」

無言で志乃の横を通り過ぎようとした。

「どうして？」

志乃が腕に取りすがってくる。大きな目に涙が浮かんでいた。

「どうして……だろうな？」

それが自分にも分からないのだ。

「行かせてくれ」

勇三は手を振りほどく。

「帰ってくるわね？」と必死の面持《おもも》ちで言う。「ねえ、帰ってくるんでしょ？」

無言で頷いた。帰ってきたい。いや、本音は出ていきたくないのに……。しかし、もう一方にある自分がそれを許さない。

「大丈夫なの？　どこか行く当てがあるの？」

〟帰ってくるんでしょ？〟という質問に頷いたからか、志乃の表情が少しだけやわらいでいた。それで、勇三も目玉をきょろりと動かして、「なんともなるさ」とおどけた。くすりと志乃が笑った時には、その場から足早に去っていた。「ユウさん！」と呼ぶ声を背中で聞きながら。


なんとなく山手線に乗って一周してみることにした。山手線は、大空襲の時も動いていたらしいから大したものだ。

人々はどこにどんな用事があって乗っているのか、車内は立錐《りっすい》の余地もなく混み合っていた。勇三はただ突っ立って、窓から外を眺めていた。見えるのは、銀座だろうとどこだろうと焼け野原ばかりだ。民家が密集していた一帯もすべて焼き払われた。わずかに、空洞になったビルや倉庫がぽつりぽつり残っている。新宿駅からは中野まで見渡せたし、池袋では巣鴨の拘置所と護国寺の青い屋根だけが見えた。油脂焼夷《ゆししょうい》弾《だん》が焼き尽くした真っ赤な土と、地平線に広がる真っ青な空。

考えようによっては、日本にとっても、自分にとってもここからが新しい出発点といえる。全員がヨーイドン！　だ。だが、やってやる！　という気が起こらないでいた。

「おい、あんた！」

　という声にそちらを見やると、乗客らの向こうに頭ひとつ分飛び出して丸っこい大きな顔が覗いている。

「クマ！」

　九十九里で一緒だった熊山である。

「なにやってるんだ、あんた、こんなところで？」

　そう言いながら、人々を掻き分けながらこちらに近づいてくる。乗客は迷惑げな顔をするが、なにしろ大男なので文句をつける者はいなかった。

「山手線に乗ってるんだ」

　勇三がぼそり応えると、熊山が大笑いした。

「次の駅で一緒に降りよう」

　そう誘われて渋谷で降りた。連れていかれたのは駅の線路脇に密集する露店街だった。

「ここだ」

　地面に筵《むしろ》を敷いたり、板を置いたり、もう少しましだとリンゴの木箱を置いて、その上に商品を置いているのが関の山なのだが、案内された店は陽除《ひよ》けテントの屋根を備えていた。売っているのは洋服である。

熊山が顔を出すと、「アニキ、お疲れさまです」奥にいる目つきの悪い男が素早く立ち上がって挨拶する。熊山はそれを無視して、勇三のほうを振り返った。

「そんな恰好してないで、着替えろよ」

と兵隊服の自分に言う。熊山はダボシャツの上に派手な格子縞《こうしじま》の背広を着ていた。足もとは素足に雪駄《せった》だ。

さらに熊山が、「おい、なんか見繕ってやってくれ」と店番をしている中年女に向かって言う。すると、女は煙草を横ぐわえしたまま勇三を上から下へと見て、店にあったものからぱぱっと選んで突き出す。

「おい、行くぞ」と歩き出した熊山に、「どこにだ？」と訊いた。

振り返った彼が乱杭歯《らんぐいば》を覗かせ、にかっと笑う。

「メシと寝床を世話する。それにたんまり稼がせてやるよ」

翌日から、熊山と一緒に働き始めた。働くという言葉が適当かどうかは分からない。後ろに風呂釜みたいなものを積んだオート三輪で川崎まで出向いた。ガソリンがないから木炭で走らせているのだ。倉庫の前で車を停《と》めると、運転していた熊山が大きな木槌《きづち》を肩にかついでのそりと降りる。そうして、扉の門《かんぬき》を木槌で叩き壊した。

昨日、洋服の露店にいた目つきの悪い男が、「隠退蔵物資摘発《いんたいぞうぶっしてきはつ》！」とわめきながら飛び込んでいく。そうして、中にあった物を運び出した。勇三も言われるままに手伝う。どうやら、陸軍か海軍の隠し倉庫らしく、毛布や敷布《しきふ》、軍服の生地などが保管されていた。それを〝隠退蔵〟と呼び、〝摘発〟と称して、要するにかっさらっていくのだ。

勇三が世話になったのは、テキ屋の親分の家だった。終戦から数日後には、主だった駅前や、空襲で火災が広がるのを避けるため建物疎開《たてものそかい》した空地に店が出るようになった。最初は物々交換だったが、すぐに現金取引が行われ始めた。非公式な流通経路で、食料や雑貨など闇物資を売る市場だ。この闇市《やみいち》を取り仕切っていたのが、戦前からのテキ屋だった。縁日など人出の多い場所に店を出したり、見世物などの興行をする香具師《やし》である。露天商の場所割りをしていたから、お手のものというわけだ。

小柄で、目のぎょろりとした親方が、「なんでテキ屋っていうか知ってるか？」と勇三に訊いてきた。「当たれば儲《もう》かるのを、矢が的《まと》に当たるのになぞらえたんだ」

――なるほど、それでテキ（的）屋か。

親分は、米の飯を食わせてくれたし、駄賃もたんまりくれた。そのカネで、熊山たちと夜の町に繰り出した。時には悪所《あくしょ》にも足を運んだが、相変わらず心にはぽっかりと穴があいているようだった。

隠退蔵の情報が親分の耳に入ると、熊山たちとオート三輪で押しかけていく。早い者勝ちで、ほかのテキ屋集団と奪い合いになることもあった。殴られ、殴り返しになるが、軍隊でやられ慣れているせいか、飛んでくる拳《こぶし》がまったく怖くない。勇三は、積極的に手を出すのは好まなかったが、ある時、左腕の付け根の傷痕をつかまれた。その時ばかりは頭にかっと血が上り、相手を殴り倒していた。痛かったのではない、無性に腹が立ったのだ。倒れた相手に馬乗りになり、なおも殴りつけようとした。すると、熊山に、「警察が来る、逃げるぞ！」と腕を引っ張られた。

木炭自動車は、走行中も荷台に乗った勇三が身を乗り出し、炉の中をかき混ぜなければならない。これをやっていると、顔が煤《すす》だらけになった。しかし、焼け跡の悪路を走っているうちに、振動で炉の調子がよくなるのが皮肉だった。

〝摘発〟してきた繊維製品を、親分は戦争未亡人のお針子たちに洋服に仕立てさせ、露店で売りさばいた。闇市ではいろんなものを売っていた。得体の知れない食い物もあふれている。雑炊《ぞうすい》、ごった煮、メチルアルコールの密造酒。煙草の吸い殻が入った進駐軍の残飯シチューはご馳走《ちそう》だ。それらを、みんな立ったまま忙《せわ》しなく口に運んだ。

なにしろ百回を超える空襲で、東京は区部の市街地の五割を失ったのだ。人々はガード下や土管の中で眠り、秋の深まりとともに焼け跡に穴を掘って寒さをしのいだ。浮浪児は米兵の靴を磨いて、チップとチョコレートをもらう。子どもだけでなく大人も進駐軍が捨てた吸い殻を拾い、闇市で買い取ってもらった。国はなにもしてはくれない。闇市で命をつなぐしかなかった。「一生モンのフライパンだよ！　元は兵隊さんの鉄兜《てつかぶと》だ！」という呼び込みを聞き、勇三は鋳物と木型を思った。そして、仙吉と志乃のことを。

近郊農家から闇米を仕入れることも勇三の役割だった。終戦の年は、空前の凶作でもあった。海外から兵隊も戻って人口が増加し、敗戦に打ちひしがれた国民にさらに食糧不足がのしかかった。米は政府の公定価格の百三十二倍で売れる。砂糖は、実に二百六十六倍の闇値が付いていた。だが、運ぶのが容易でない。汽車の車両はどこもぎっしり満員で、屋根の上にまで人が乗っていた。男も女も、老いも若きも米を求めてやってきたのだ。そんな中、がら空きの車両があった。動き出したその車両に、勇三は思わず飛び乗った。そこでは、中国人や朝鮮人がゆったりと座席に腰を下ろしていた。彼らは戦勝国の国民であるから意気揚々たるものだ。

米の入った大袋を両手に提げ、背嚢を担いだ勇三はいきなり殴られた。

「出ていけ！　殺すぞ！」

そう脅されたが、勇三は米を守るようにして梃子《てこ》でも動かなかった。走っている列車から降りようがない。隣の車両はすし詰めだ。手ぶらで帰るよりも、殴られるほうがましだった。さんざん殴り蹴られたが、勇三は平気の平左《へいざ》だ。

突然鋭い叱責《しっせき》が飛んだかと思うと、男たちの殴る手が止まった。声のほうに顔を向けると、朝鮮人の中年女がこちらを見据えていた。たぶん、あちらの言葉で「いい加減にしとき！」といった意味のことを発したに違いない。ズボンにジャンパーという男のような身なりだが、凄味《すごみ》を感じさせるきれいな顔立ちをしている。女親分ということなのか。

それからも勇三は、彼らの車両にずうずうしく乗り込むことを繰り返した。別に揉《も》め事《ごと》を好んだわけではない。ともかくほかの車両が人や物で隙間なく埋まっているため、大荷物を抱えた自分は乗れないのだ。

そのたび、「入ってきたら殺すぞ！」と脅される。しかし勇三は、「入ってからにしてくれ」と、かまわずぽんぽん荷物を投げ入れた。あの女親分とは、よく出会った。勇三がすることを切れ長の目で眺め、くすくす笑っていた。ほかの日本人と違う反応を面白がっているようだった。すると子分らの間にも、こいつのことは放っておけという雰囲気が漂うようになり、隅にいさせてもらえるようになった。

だが一難去ってまた一難で、終着駅で取り締まりの警官が大挙して待ち構えていることがある。勇三は素早く動いて、一度も米を没収されたことはない。ところがその日、車両の外に飛び降りてみると、いきなりピストルをぶっ放された。

警察は銃を使わないが、米国陸軍憲兵隊《MP》はわけが違う。パンパンと音がし、弾丸が、首をすくめた勇三の頭の上を通過していった。ピストルを撃った憲兵は、白い頬に赤みが差し、少年のように見えた。脚がやたらと長く、栄養が行き届いていて尻がでかかった。チューインガムをくちゃくちゃ噛《か》んでいる。こいつらに負けたのか、と一瞬悔しさが込み上げ、そちらに突進していきそうになった。するとその憲兵は、上官に「人に向けて撃つな」と注意を受けたようで、「アイアイサー」と背筋を伸ばし敬礼している。そして、今度は茜色《あかねいろ》の夕焼け空に向けて威嚇《いかく》射撃した。たぶん鋳物の流し入れの湯は、この空みたいな色だろうと思わせられる。

勇三ははっとして、「逃げよう！」隣にいた女親分の手を引いて走り出す。

「そこのふたり、待ちなさい！」

警官の声がした。待つか！　手をつないで線路の上をひた走った。駅舎の裏側へと回り込む。警官は自分らも闇米を喰《く》らっているので、口先だけで取り締まりにそれほど熱心ではない。執拗《しつよう》には追ってこなかった。塀を伝って駅舎の屋根の上によじ登ると、下の様子を窺う。

ＭＰは見ているだけで、実際に取り締まりを行っているのは支配下にある日本の警察だ。そうして、警官が追いかけるのは、捕まえやすい女たちばかりだった。

「この国は戦争に負けても変わらないね」と、女親分が言った。「女をバカにしてると、そのうちしっぺ返しを食うよ」

勇三は無言で見下ろしているばかりだ。

「あんた、いつまでこんなこと続けてるんだい？」

彼女にそう訊かれても、やはり無言のままでいた。

「兵隊には行ったのかい？」

頷いた。

「せっかく生きて帰ったっていうのに、闇米のためにMPに頭を撃ち抜かれて死んじまったら、もったいないじゃないか」

せっかく生きて帰った……。死んだらもったいない……。そうした言葉が、勇三の中で虚《うつ》ろに木霊《こだま》する。

「闇市なんて、そのうちなくなっちまうよ。カネのためでもなんのためでもいいから、命燃やしてひたすらやってみなよ。あんたも、威張ってる男のひとりなんだろ」


一九四七年（昭和二十二）三月、勇三が北海道の夕張炭鉱に来て一年半が過ぎようとしていた。カネのためでもいいから命を燃やしてみろと焚《た》きつけられ、ここにやってきたのだ。飛行学校にいた学徒兵に工学部鉱山工学科出身の者がいて、〝黒いダイヤ〟と呼んで石炭の重要性を熱弁するのが耳に残っていたからだ。

炭鉱の入り口から現場まではトロッコ、人車斜坑《じんしゃしゃこう》と呼ぶリフトを乗り継いで一時間ほどかかる。地下三〇〇メートルの掘削《くっさく》現場は切羽《きりは》と呼ばれる。初めて坑道に入った勇三は、自分が生きていることを意識した。坑内は真っ暗で、高さ一メートルもない坑道を、ヘルメットに付いたキャップランプを頼りに這《は》いつくばるようにして下った。匍匐《ほふく》しないと前に進めない場所もあった。さらさらっと砂が落ちてくる。このまいつ崩れるか分からないし、閉じ込められるような感じがした。なにしろ逃げ場がないのだ。その時、地の底の圧迫感に耐えながら、紛れもなく自分は生きたいのだと確認できた。

炭鉱の仕事は主に〝掘進《くっしん》〟と〝採炭《さいたん》〟に分けられる。新人がまず配属されるのが掘進だ。掘進とは、切羽までの坑道を掘る仕事である。〝先山《さきやま》〟と呼ばれる熟練工が、発破《はっぱ》で岩を爆破する。それに付き従うのが経験の浅い〝後山《あとやま》〟で、崩れた岩を運び出し、天井が崩れないように板や木で枠組みする。一方、採炭は、先山がつるはしやスコップで炭層を掘り、後山が掘り出された石炭を炭車《たんしゃ》に載せて坑道の外まで運ぶ。

炭鉱の仕事は確かに給与はいいが、危険がつきまとう。勇三が夕張に来て間もなく、大きな事故があり、多数の鉱夫が亡くなった。亡骸《なきがら》となって地の底から運び出されてきた鉱夫たちは、ひとりひとり畳を敷いたトラックに寝かされ、山を下りる。せめて温かい畳の上に寝かせてやりたいという仲間の思いからだ。

勇三自身も死を垣間《かいま》見ている。一度目は掘削工事中、落石事故に遭遇した。一トン以上の石が目の前に落ちてきて、一緒にいた後山のひとりが下敷きになったのだ。自分が一緒に岩の下にいたとしても、なんの不思議もない。生死を分けたのは運だけだ。落石事故というと、蛙《かえる》がぺしゃんこになる姿を想像していた。だが、実際は肺に圧がかかって呼吸困難になるのだ。男がだんだん息をしなくなるのを、ただ見ていることしかできなかった。

その次に危ない思いをしたのは、坑道を歩いていた時だった。正面からトロッコが来た。狭い坑道で逃げられない。ふと見ると壁にへこみがあって間一髪そこに身を寄せた。腰に掛けていたカンテラがガリッと音を立ててトロッコに持って行かれた。一年半で二度死にかけたわけだ。

そうした時、死んだ者には申し訳ないが、生き残ってよかったという思いがした。それなら、戦争で生き残ったことだってそう思っていいはずじゃないか……。

「滝沢さん、これ読んでみます？」

同じ炭鉱住宅に住む、臨時雇いの学生が『群像』という文芸雑誌を差し出してくる。危険な仕事だけに鉱夫は同胞意識が強い。そうした環境を生むのは、炭住《たんじゅう》で共同生活を送ることも影響していた。独身者は、棟割り長屋一戸に二～三人で住む。

勇三は書留の住所を書いていた。こちらの居所は知らせず、給料はすべて仙吉に送っていた。

「なんだ、太宰治《だざいおさむ》？」

学生が開いたページには『トカトントン』という表題があった。この学生は文士志望とかで、炭鉱で働くことも小説の題材になるからと考えたらしい。もの好きな話だ。

「いいですよ、太宰は。売り出し中の無頼派《ぶらいは》作家です」そう彼は言ってから、「ちょっと、行ってきます」ばたばたと出掛けていこうとする。

「なんだこんな時間に？　今日は夜勤じゃないはずだ」

するとへへへと照れ笑いした。

「覗き《ヽヽ》か？」

「何事も勉強でして」

新婚の家の天井裏に忍び込んで覗き見する風習が、この炭住にはあった。

「大勢で行くと、天井が抜け落ちるぞ」

学生はにやけ顔で出ていった。勇三は、手もとの雑誌に目を落とす。そして、なにげなく読み始めた。『トカトントン』は手紙の形式をとった小説だった。今年二十六歳になるという男が、作者に向けて書いた手紙である。なんと驚いたことに、この男も「兵隊になって、千葉県の海岸の防備にまわされ、終戦までただもう毎日々々、穴掘りばかりやらされていました」という勇三と同じ体験をしていた。手紙には、終戦の日のラジオ放送の直後、どこからかトカトントンという金槌で釘を打つような音が聞こえ、以来、なにかにつけてこの幻聴がし、情熱を打ち消してしまうという悩みが綴《つづ》られている。

俺にもトカトントンが聞こえているのだろうか？　と勇三は思った。

掘進の仕事で、天井の崩落を防ぐための枠組みの腕を買われた勇三は、会社から〝保安〟担当を命じられた。坑道の掘削と安全を保つ役目である。ひとりで二時間かけて坑道を一周し、保安確認を行う。天井から土がこぼれ落盤の予兆を見せていないか、壁から水が漏れていないか、なにか不安要素があれば、作業員に対処を命ずる。後刻、再度坑道を回って点検を行うと、しかし、これが直っていない。作業員はなにをしているかというと寝ているのだ。だからといって、あまりきついことを言うと「労働強化だ！」といってオルグが飛んでくるから始末が悪い。

オルグ＝オルガナイザーとは、労働組合と現場との連絡員である。厳しく危険な労働条件ゆえだが、炭労と呼ばれた炭鉱労働組合の力は強い。そこで、オルグとも一緒に酒を酌《く》み交わしたりして、折り合いをつけなければならなかった。自分は、木型職人として修業を積んだ身である。坑道の枠組みづくりにも、あるいはそんな経験が活《い》かせたかもしれないなどと思っていたが甘かった。なんのことはない、オルグとの面倒な折衝役《せっしょうやく》を押し付けられただけなのだ。

そんなある日、掘進の発破《はっぱ》を仕掛ける事前調査のため、勇三は坑道内の二酸化炭素濃度を測定器で調べていた。相変わらず保安作業はひとりで行う。すると、なんということだろう、急に足が利かなくなった。勇三がいる場所は下り坂の底になっていて、二酸化炭素が溜《た》まっていたようだ。坑道にズシンと音を響かせ、ぶっ倒れた勇三は遠のく意識の中で、必死に坂を這《は》い上がる。途中何度も気絶しそうになった。こんなところで死んでたまるか！　やっとのことで坂を上り切ると、かすむ目で換気のための配管を探す。死にたくない！　管を見つけると、そこに向かってさらに這っていく。つくづく生きたいと思った。這いずりながら、生きたい！　生きてやる！　繰り返し心の中で叫んでいた。ようやく辿《たど》り着いた配管の吹き出し口に顔を寄せる。夢中で空気を吸い込んだ。自分の耳に、トカトントンは聞こえなかった。

＊　＊　＊

「清澄木型から兵隊服姿のまいなくなったユウさんは、闇屋をしたり、夕張の炭鉱で働いてたみたい」と志乃が言った。「闇屋なんて言葉、ルカちゃんは知ってるかしら？」

「なんとなく分かるけど」とルカは返したあとで、「ユウジイは、なんでそんなことしてたんだろう？」そう口にする。

志乃がゆっくりとルカを見た。

「今でいうところの自分探しじゃないかしらねえ」

「自分探しのインターンシップか……」

「なあに、インターンなんとかって？」

と、今度は祖母が訊いてきた。

「企業に体験入社する制度」

そう応えながら、うちもインターンシップが導入できないか、と考える。ルカにしても、インターンから家業に就職したようなものなのだから。

「で、放浪の果てにユウジイは帰ってきたんだね？」

志乃が頷いた。

「ユウさんは、わたしたちを助けにきてくれたの」

＊　＊　＊

一九四七年（昭和二十二）九月、東海道沖を通過し房総半島の南端をかすめた台風は、前線の影響をともなって記録的な豪雨となり、関東や東北に水害をもたらした。荒川放水路の堤防が決壊し、葛飾は多大な被害を蒙《こうむ》ったという。炭鉱食堂のラジオでそれを知った勇三は、矢も楯《たて》もたまらなくなった。連合国軍の占領下にあることから、台風にはカスリーンという女性名がつけられた。

「ユウさん！」

泥まみれになった畳を外に運び出していた仙吉が、こちらを見て声を上げる。それを聞きつけたらしい志乃が、家の中から飛び出してきた。

勇三が二年振りに戻ったこの町は、洪水は引いていたもののどこもかしこも泥が押し寄せ、ぬかるんでいた。ここまで来る途中、住民たちがこれまで大切に使っていた家財が哀れな残骸となって道の両側に山積みになっているのを目にしてきた。

十七歳の志乃が、黙ったままじっとこちらを見ている。大きなその瞳に、みるみる涙が浮かんだ。勇三は困ってしまい、携えていた両手の荷物を志乃に預けると、さっそく片付けに加勢した。

仙吉のほうが娘の涙にうろたえたようで、「いや、人の背の高さくらいまで水が来ちまってさ」と勇三に向け、とりあえずぼやいた。

母屋も作業場も、もはや使いものにならなかった。この先どうするか？　腕組みしていた仙吉のもとに、数日後、吾嬬町の楡木《にれき》鋳物から声がかかった。「鋳物屋をやる気はないか？」というのである。社長の楡木は六十の坂も半ばを過ぎて腰を痛めてしまった。息子は七年前に四十で病死し、鋳物師《いもじ》にと仕込んだ孫も戦死してしまったという。かつて向島区だった吾嬬町は、この年から本所区と合併して墨田区になったが、カスリーン台風の洪水被害はなかったのだ。楡木は廃業するつもりだから、引き継がないかという話だった。

「このままでは、清澄木型は仕事ができませんよ。工場を譲ってもらえるのは渡りに船です」

と勇三は仙吉に進言した。

「しかし、今さら鋳物屋に商売替えするっていうのもなあ……」

そう不安を述べる仙吉に、勇三はさらに言う。

「社長に勧められたおかげで、俺は高専で金属の勉強をしてます。俺が鋳造の仕事を習いますよ。社長は今までどおり木型をつくってください」

「ユウさん、あんた本当に大丈夫なのかい？」

「なんともなるさ、アイアイサーですよ」

勇三が炭坑から送ったカネを、仙吉はすべて貯金していた。それを、工場を引き継ぐ礼金として渡す。「どうせ、廃業するんだから」と言っていた楡木だったが、このカネは今後の暮らしに充《あ》てると喜んだ。そして、彼が勇三を鋳物師として仕込んでくれることになった。白い後ろ髪が長い楡木は、頭頂部が河童《かっぱ》みたいに禿《は》げていた。醬油蔵を移築した注湯所で、腰を曲げて立つその姿は仙人のようでもあった。

楡木からはまず、砂との付き合い方を徹底的に仕込まれた。

「いいか、触って感じろ。鋳物に適した砂に含まれるのは、このくらいの水分量なんだ」楡木は、砂をぎゅっと握ってみせる。「こうやって、指の跡がつく感じだ」

砂の質感は、その日の湿度によって違う。勇三は楡木に教えられた砂の手触りになるまで、鍋に入れた砂をコンロで炙《あぶ》り、水分を飛ばした。

続いては鋳造方案《ほうあん》だ。高温で流動性のある熔湯を、鋳型の中に満遍なく行き渡らせるには、湯口からどのような経路を辿《たど》ればいいか。

いよいよ勇三は流し入れを行った。つくるのはフライパンの本体部分である。柄《え》のほうはあとで溶接する。闇市で、「一生モンのフライパンだよ！　元は兵隊さんの鉄兜だ！」と呼びかけていた声を思い出す。だが、勇三が鋳込んだフライパンは、底にヒケができてしまった。

「押湯《おしゆ》のせいだな」

と楡木はひと言告げた。鋳型に鋳込まれた熔湯は、固まるまでに体積が収縮する。この収縮を補うために、鋳造方案の際、鋳型のすぐそばに押湯を設ける。押湯は、いわば湯が溜《た》まるプールだ。湯が固まって収縮し、鋳型の中に空洞ができると、そこを補給するために押湯から湯が流れるという仕掛けだ。

「押湯が小さいんだ」

そう言われて、勇三は造型の際に押湯を大きくするが、何度調整してもうまくいかない。そうしたことを数日にわたって繰り返した。注湯所には楡木鋳物の職人がふたり残務を行っていた。この工場は売られる。引き継ぐのは木型屋で、鋳物の素人だ。ふたりとも、どこかよその鋳物屋に移るつもりでいるはずだ。

「今度は木型のほうに手を入れてみたいと思うんです」

思い切って勇三は提案した。ふたりの職人が、この素人はなにを言い出すんだといった表情で見ている。

「木型をか。まあ、やってみな」

楡木はにやにやしながら勇三の思うとおりにさせてくれた。

そして、調整した木型でさらなる湯入れに挑むと、「できたじゃないか！　ヒケがなくなってる！」楡木が声を上げた。職人ふたりは呆気《あっけ》にとられていた。

「直した木型、見せてみな」

と言われ、勇三は手渡す。フライパンの木型の底を指先で撫《な》でていた楡木が、「これは……」と絶句する。そして、職人らに木型を渡した。

「分かるか？」と、楡木が彼らに向かって言う。「フライパンの底を真ん中に向かってかすかに傾斜させているんだ。普通なら誰も気づかない。俺だって、今さっきこの人が木型に手を入れたいっていうんで、確かめてみたんだ。もちろん見た目じゃ分からん。指先でやっと感じられる程度の傾斜をつけて、湯を行き渡らせるようにしたんだ。これくらいの傾斜なら、フライパンの火加減にも影響しないはずだ」

　楡木が今度は勇三を見た。

「あんた、これが強みになるな」

「どういうことでしょう？」

　勇三が不思議そうに訊くと、「分からないのかい」と楡木が笑った。

「自分で木型をこしらえる鋳物屋ってことだよ。木型を発注する手間がはぶければ、納期が短くなる。おまけに、不良品が出れば、鋳造方案や造型だけでなく木型を微調整して対処もできるんだ。あんた、これまでにない新しい鋳物屋になれるよ」

　新しい鋳物屋——その言葉が、勇三の胸に沁《し》みた。「カネのためでもなんのためでもいいから、命燃やしてひたすらやってみなよ」というあの闇屋の女親分の言葉が蘇《よみがえ》る。

　——やってみるか！

「キューポラでできる湯の量は限られている」と楡木が注湯所の奥にある、鉄を溶すのに用いる円筒形の直立炉を見た。「不良品《オシャカ》をつくって、やり直しになれば湯ばかり使って儲《もう》けがなくなる。逆に一発で決まれば、鋳物師は肩で風を切って夜の街へと繰り出していく」

そこで楡木が勇三を見やり、にたっと笑った。

「ちょっと付き合え」

楡木に連れていかれたのは盛り場ではなく、土手下にある寺だった。荒川放水路から吹く川風と、楡木が墓石に供えた線香のにおいが交じり合う。大きな夕焼けが、東の空まで照らしていた。

「楡木家の代々の墓だが、ここには俺のせがれと孫も瞑《ねむ》っている。生きていれば、孫はあんたと同じくらいの年齢だ」

しゃがんで手を合わせていた勇三が、「戦死されたんですよね」と、立ち上がって言う。

楡木が頷いた。

「海軍だ。特攻隊員だった」

それを聞いて勇三ははっとする。

「神風《かみかぜ》ですか？」

「回天《かいてん》だ」

人間魚雷だった。回天は、劣勢の戦局を逆転させる祈りを込めて名づけられた。

楡木が一枚の写真を差し出し、「孫だ」と言う。「あんたに一度見てもらいたくて、持ち歩いていた」

訓練の合間に撮った写真だろう。日の丸の手拭い鉢巻きを締め、航空服を着ていた。気負ったような表情で、口をへの字に結び、煙草をくわえている。回天の隊員も訓練中は航空服を着るのか、と勇三は思った。左胸に付けた四角い布に〔楡木〕と毛筆で姓が書いてある。潜水艦に搭載した回天の搭乗員は、上半身裸で過ごすことが多いと聞く。艦内が暑いからだ。どうせ死ぬからもったいないと裸のまま艇《ふね》に乗り、発進した者もあったという。

今、GHQは民主化を推し進めている。戦時国家の象徴だった軍神、広瀬武夫《ひろせたけお》中佐《ちゅうさ》の銅像も万世橋《まんせいばし》駅前から撤去され、金属会社に払い下げられた。溶かして鋳物の材料になるかもしれない。

「あんたは生きて帰った」と楡木が言った。「ならば、精いっぱい生きろ。それが死んでいった者に報いることじゃないのか」

自分は、仙吉と志乃のために死ぬ決意で出征した。これからは、仙吉と志乃のために生きるのだ。

第四章 ―― 仕上げ作業

1

フルモールド法の流し入れの際、湯口からの噴火は相変わらず続いていた。

「あれがある以上、湯が注げない。なんとかしないと」

ルカは注湯所《ちゅうとうじょ》に集まった作業員に向けて言う。勇三は、木型屋から鋳造屋《ちゅうぞうや》へとドラスティックな転換を図った。今、清澄鋳造は木型法からフルモールド法への転換を図ろうとしている。だが、それは鋳造法を変えるだけで、業種を替えようというのではない。祖父は鋳物屋《いものや》に転じるという荒業《あらわざ》に挑戦したのだ。自分だって、という思いがルカにはあった。そのためには、あの熔湯《ようとう》の噴出を防ぐことがなにより先決だった。

「問題はガスだと思う。発泡スチロールが気化する時に発生するガスを、もう少し抑えられないかしら」

ルカの言葉に、「俺っちは、問題は注《つ》ぎ手のほうにあると思うぜ」と造型担当のベテラン、関が嚙《か》みつく。「噴火が怖くって、逃げ腰でやってるからだよ、ルカ。気合が足らねえんだ。だから舐《な》められて、よけいに噴火すんだよ」

むかっ腹を立てた辰沼が、関のほうに向かおうとする。隣にいたルカは、彼のぶ厚い肩に手を添え制した。

CADオペレーターの加奈子が鼻で笑って、「あのね関ヤン、フルモールド模型は注ぎ手を舐めたりもしないし、この際、気合とか関係ないの」と言う。

集まっているのは、設計、模型製作、造型の担当者らだ。噴火問題と自分は関係ないと考えているらしい模型担当の榎本は、しらっとした顔で立っていた。

加奈子は指で丸い眼鏡を押し上げて位置を直すと、さらに意見を述べた。そういう意味でなら、設計担当の加奈子にしても噴火問題は直接関係ないかもしれない。だが、彼女は積極的に発言していた。

「ルカさんが言うとおり、やはり問題はガス。ガスの発生をもっと抑えないと」

「じゃ、どうすんだよ⁉」

と関が横からがなる。

「いや、俺が間違っていたかもしれんな」

そう言い出したのは石戸谷だった。

「ドヤさんの、いったいなにが間違ってたっていうんだい？」

大ベテランの思わぬ自省の弁に、さすがの関も聞く耳を持ったようだ。

「フルモールド法の存在自体は、確かに俺も知っておったさ」石戸谷が、髪のない頭を撫《な》でながら続ける。「だが、技術的なことはまるで分からない。ルカが見聞きしてきたことをヒントに、我流でやったわけだ。湯の温度も木型法と同じ一二〇〇度にした。ところが、それだと発泡スチロールがきれいに燃えず、大量にガスを発生させてしまったのかもしれん」


「さあ、行くよ！」

ルカが両手をパンと打ち鳴らすと、いつものように辰沼がフェイスガード付きのヘルメットを手渡してくれる。

戦後、勇三が初めてここに足を踏み入れた時、注湯所の奥には円筒形のキューポラがあったはずだ。現在は三トン電気炉に替わっている。その電気炉のるつぼが前に傾き、火花とともに流れ出た熔湯が取鍋《とりべ》にそそぎ込まれた。今日の湯の温度はさらに高い。木型法の場合、木型を押し付けてつくった砂の中の空洞に湯を流し入れる。この場合、溶湯の温度は一二〇〇度。ちなみに溶岩の温度が一〇〇〇〜一二〇〇度である。

だが、これまでのフルモールド法の実験で、砂型の中に埋めた発泡スチロール模型が一〇〇〜一五〇度の熱を奪うと石戸谷が見当をつけた。そこで、電気炉の湯の温度設定を一四〇〇度に上げたのだった。

取鍋の両側に立った辰沼とルカは、熔湯を砂型の湯口から流し入れた。気化する発泡スチロールが発生させるガスによって、砂型全体が燃え上がった。だが……。

辰沼とルカはフェイスガード越しに目を見交わすと頷《うなず》き合った。熔湯の噴火は起こらなかった。

しかし、さらに湯を流し入れていると、「ダメだ、危ない！」辰沼に砂型から引き離された。呆然《ぼうぜん》とするルカの目に、再び始まった湯口からの噴火が映っていた。

すべての作業員は、暴れる湯口を遠巻きに眺めているしかなかった。ガスの発生を抑えるべき、と先日の話し合いで主張した加奈子も設計室から流し入れを見るために来ている。

ルカはヘルメットのフェイスガードを上げた。そして、みんなに呼びかける。

「ドヤオジの提案から、湯の温度を上げたことで模型がきれいに燃えるようになった。これまで大量に発生していたガスを減少できたと思う」

するとと加奈子が、「流し入れをすると、すぐさま起こっていた噴火がなくなったしね」と感想をもらした。

「だが」と石戸谷が腕を組んだ。「相変わらずガスは発生しているし、少し遅くなっただけで噴火も起こった」

噴火問題に関してこれまで口を閉ざし続けていた模型製作の榎本が、「発泡スチロールが溶ける際、ガスが発生するわけだ。これはもうフルモールド法につきまとう問題なんだよ。湯の温度を上げることで減少できたにせよ、ゼロにはならないんだ」と言う。

「木型法はガスなんぞ発生しなかったぜ」と関がせせら笑った。「誰だよ、フルモールド法に転換するなんて言い出したのはよ」

ルカの隣で辰沼がフェイスガード越しに関を睨《にら》みつける。

「だから言ってるだろ」となおも関が続けた。「勢いよく湯をそそぐと火山の噴火になるから、怖がってそそぐのを絞る。そんでまた噴火が起こるんだよ」

それを聞いた辰沼が、つかつかと取鍋のほうに向かうと、砂型に荒っぽく湯を流し入れた。鎮まっていた湯口がたちまち再噴火を起こす。

「タッちゃん、やめて！」

今度はルカが彼を取鍋から引き離す役目を担うことになった。ふつふつと噴き出した細かい火が辰沼のワークパンツをかすめ、腿《もも》のあたりに小さな穴を幾つもあけた。

そんな事態をあざ笑うように眺めていた関が、「悪循環なんだよ。だってよ……」

そう言いかけてから、なにかに気づいたようにはっとして口をつぐむ。そして、注湯所の隅にある作業台に行ってしまった。

2

翌日、再び湯入れをしろと言ってきたのは関だった。

「どういうこと？」

と尋ねるルカに、「いいからやってみろって」と、にやにやしながら言うだけだ。

穴のあいたワークパンツの辰沼とともに、ルカは取鍋を挟んで立った。そして、石戸谷が一四〇〇度に設定した湯を流し入れる。すぐの噴火は起こらなかった。しかしそれは前回と同様、熔湯の温度を上げてからの反応だ。問題はこの先だった。ふたりは注湯を続ける。そして、流し入れの最後まで、とうとう湯口から溶岩のような鉄の噴出はなかった。

「やった……のか？」

石戸谷が半信半疑の声をもらす。

「でも……なんで？」

そう呟《つぶや》いたのは加奈子だった。

「悪循環だったんだよ」

と関が言い、みんなが彼に注目した。

「昨日も俺っちが言ったろ、勢いよく湯入れすると火山の噴火になるから、怖がって
そそぐのを絞るって」

「怖がってなんかいない！」

そう反論したのは辰沼だった。

「まあ聞けよ、タッ」

と関が彼のほうを見てたしなめる。そして、再び皆に向けて話し始めた。

「ドヤさんが湯の温度を一四〇〇度に上げた。それまで燃え切らなかったせいで大量
に出てたガスはやや軽減された。でもよ、減ったとはいえガスは発生してるわけだ。

そいつが、逃げ場を求め湯道を通って湯口から噴き出す。それが噴火——湯の噴き戻
しの原因なわけだ」

そこで加奈子が脇から文句をつける。

「関ヤンは昭和の根性論みたいなこと言ってたわ。気合が足らないから、舐められてよけいに噴火するって」

関が薄く笑って、「横槍《よこやり》を入れんなよ」と、無精《ぶしょう》ひげのある顎《あご》をぽりぽり掻《か》く。「だがな、湯をそそぐのを絞れば、流れ込む湯の圧力が弱まっちまうのは事実だ。すると、下から噴き上げてくるガスを、勢いよくそそがれる湯の圧力で押し戻せなくなる。こいつが、気合が足らないから、舐められてよけいに噴火するの意味だ」

加奈子がせせら笑う。

「もっと最初から、分かりやすく説明してほしかったんですけど」

「そう言うなよ、カナちゃん。俺っちも昨日、勝手なことを口走りながら、この悪循環に気がついたわけなんだからよ」

「あたしは……怖がってました」

とルカは告白する。

「ルカさん」

辰沼がこちらに顔を向けた。もちろん、彼は気がついていただろう。そうして、フルモールド法への転換を言い出した手前、逃げ出すことができないルカをいつもガードしてくれていた。

「あたし、流し入れをしてて初めて怖いって感じたんです」

ルカがなおも言うと、関が頷いた。

「あの湯の噴き戻しが起きないようにするためにはどうするか？　今日の鋳造方案《ほうあん》の具体的な違いは湯口を大きくしたってことだ。注湯の口を大きくすることで、これまでよりいっそう勢いよく湯を流し入れられる。下から出てくるガスの力より、上から押す湯の力を強くしてみようと考えたんだ」

「おお！」

一同から驚きのどよめきが起こった。

石戸谷が、「なるほど、それでガスは上に出てこられず、噴火も起こらなかった。したがって、湯のそそぎ入れも絞ることなく続けられたというんだな」と唸《うな》る。

その言葉を受けて関が続けた。

「これまで湯口に向かっていたガスは、砂の中に逃げ場を求めたってわけだ」

今度は関がルカに顔を向けた。

「あんな噴火が起こりゃあ、誰だって怖いさ」

次に辰沼を見る。彼は認めるものかと顔を背けた。

「問題はよ、怖いと感じるかどうかじゃねえんだ。なんとかしようって立ち向かう姿勢なんだ。おまえらは立派だよ」

3

「ルカさん、大村鋳造工業の大村社長です」

隣でビジネスフォンを保留にしたチヒロが言う。

彼女に、「ありがと」と言ってから、受話器を取った。

「やあルカさん、その後、フルモールド法での調子はいかがです？」

大村が相変わらずの軽薄とも感じられるような語調で、こちらとしてはセンシティブな話題にずけずけ踏み込んでくる。

「最近は割とイイ感じです」

実際には、それほどには〝イイ感じ〟ではなかった。湯入れの際の噴火は治まったものの、今度は出来上がった鋳物のほうに問題が生じた。発泡スチロールの燃えカスが鋳肌《いはだ》をひどく荒らしていた。どうしても、鋳物の表面に細かいくぼみが残ってしまうのだ。でも、つい強がりを言ってしまう。

「それなら、仕事を紹介しようか？」

思ってもみなかった申し出に、「本当ですか!?」喜色をあらわにしていた。

「多門《たもん》技研でシリンダーヘッドの試作品をつくる鋳物屋を探してる」

「タモン……シリンダーヘッド……」

多門技研工業株式会社といえば、販売台数で三洋自動車を上回る。それにシリンダーヘッドは、エンジンの燃焼室となる重要部品だ。

「しかしよろしいのですか、大村社長はそんな仕事をうちに譲ってしまって？」

口では遠慮がちに言ってはみたものの、喉から手が出るほど欲しい。すると、ルカの本心を見透かしたかのように、受話器の向こうで快活な笑い声が響いた。

「うちは大型部品に特化してる。これまでも、そして、これからも。なんにでも手を広げ過ぎると、会社の軸がブレる。だいいち、大きさの異なる部品の製造現場を無理やりつくろうとすれば、現場全体がぎくしゃくしてしまう」

これはチャンスだ。それ以前に、三洋自動車との取引を失った今、目の前に現れた仕事はありがたい。

「先方が求めているのは品質はもちろんだけど、短納期だ。どうかな、フルモールド法を試す絶好の機会でしょ？」

「ぜひ、うちにやらせてください」

シリンダーヘッドは、ひと抱えほどの大きさの四角い金属部品である。四つのピストンが往復運動するための、四つの穴が穿《うが》たれているのが見た目の一番の特徴だ。さまざまなバルブやガスの通路、プラグなど、小さな部品をたくさん組み込むため、複雑で細かい凹凸を持っている。

タモンから送られてきた二次元の図面データを、清澄鋳造の二階事務所奥にある設計室で三次元データ化する。そのデータを一階の作業場にあるNC機に流し込み、模型を製作する。発泡スチロールの価格は木材に比べて格段に安い。しかも機械加工性がよいため、複雑な形状に削り出せる。

鋳物ひとつ当たりの木型コストは、鋳物の製作個数が多いほど安く、少ないほど高くつく。自動車の試作部品のようなひとつしかつくらない単品鋳物の場合は、木型代がそのままかかってくるため非常に割高だった。発泡スチロール模型は、大幅なコスト低減を可能にする。

これまで木型製作には三週間近くを要した。発泡スチロールの模型は十日でできる。図面を預かってから十日後、タモンの社員が清澄鋳造を訪れた。技術部生産技術課の小野寺《おのでら》という物静かなその男性は、模型の出来映えに満足したようだ。

木型法の場合、シリンダーヘッドのように中空の部分がある鋳物をつくる際には、中の空《から》の部分に入れる中子《なかご》を別につくらなければならない。中子に対して外側の鋳型は主型《おもがた》という。つまり、中子と主型というふたつ以上の型が必要になるわけだ。

一方、製品と同じ形状の模型をつくって、そのまま鋳物砂に埋め込むのがフルモールド法である。製品どおりの模型であるため、模型検査が簡便なのだ。初めて仕事を依頼する清澄鋳造の模型と、製作責任者である榎本による細部の説明に、小野寺はひとまずほっとしたことだろう。

小野寺が帰ったその日の午後には、湯の流し入れを行った。小さい鋳物と違って、すぐには砂型から取り出せない。砂は保温材の役割をする。ゆっくりと冷めるので、解枠《かいわく》は翌朝一番の作業になる。

「うーん……」

その朝、ルカは苦渋の表情で唸っていた。

砂型から金枠を外し、砂の中から鋳物を取り出す作業が解枠である。バラシとも呼ぶ。そして、砂の中から現れたシリンダーヘッドは、やはり細かいくぼみが痘痕《あばた》のように表面を覆っていたのだ。

辰沼とルカは、しばらくそれを見下ろしていた。

「やるしかないね」

ルカが言うと、「はい!」と辰沼がいつものように短い返事で応じた。数種類のグラインダーで、削り、磨くという作業をふたりして行う。ぶつぶつした鋳物の表面を、すべすべの鋳肌に仕上げるのだ。木型法なら一時間で終わるこの仕上げ作業に、なんと十五時間もかかった。

「模型製作の時間を短縮できても、仕上げに二日かかるんじゃね」

ディスクグラインダーを手にしたルカは、ついぼやいてしまう。主軸の先端の円盤《ディスク》状の砥石《といし》を高速回転させ、研磨加工する。この電動工具を、現場ではサンダーと呼んでいた。高校時代のアルバイトで最初にサンダーを使った際には、衝撃と振動が激しくて箸が持てなくなった。

タモンに納品後、シリンダーヘッドは試作車に搭載され、生産性や品質が確認されて、再度微調整が求められる。そうして回を重ねるごとに、さらなる納期の短縮が求められるようになる。いよいよ新車の発売スケジュールと関係してくるからだ。

ルカとしては鋳肌問題の解決を、いっそう迫られることになった。

事務方も含めた全社員による朝礼後、「木型法とフルモールド法の違いってなんでしょう？　もう一度それを入念に照らし合わせてみたいんです」ルカは注湯所に残ってもらった製造関係者に向けて問う。

「はい！　はーい！」

と元気よく手が挙がる。造型担当の若い野島だった。

「木型の代わりに、発泡スチロールの模型を使うことになったたっス」

すると、あちこちで失笑が起こる。そんなこと言うまでもないだろう、という笑いだ。

「確かにそうだね」

とすぐさまルカは返す。当然と思われるようなことでも見逃さず、今日は徹底的におさらいしたいのだ。

「もうちょっと言えば、木型からつくった砂型の空洞に湯を流し入れるのと、砂型に埋めた発泡スチロールの模型を湯で溶かすことの違いだろうな」

と榎本が静かに付け足す。

「その違いってなんでしょう、エノさん？」

ルカの質問に対して長身の榎本は、「模型をつくってる俺より、造型の関ヤンに訊《き》いたほうがいいんじゃないか」と、小柄なベテラン職人へと斜め下に視線を向ける。

「そりゃあよ」と関が口を開いた。「湯口から製品に向けて効率よく湯道をつくる。ただそれだけだ。俺っちにしてみりゃ、鋳型が空洞だろうが模型だろうが変わりはねえよ」

一同が考え込んだ。

「俺っちに訊くよかよ、ルカのほうこそ大村鋳造工業でフルモールド法の造型を見てきたんだろ。なにか気づいたことはなかったんか？」

関からさらに言い返され、ルカは唇を噛む。自分が工場見学した際、造型中の砂型では、発泡スチロール模型はほぼ砂に埋もれてしまっていた。

「あ、木型法とフルモールド法だと、もうひとつ違うところがあります！」そう発言したのは模型担当の若手、小西である。「今さっき、エノさんが言った〝砂型の空洞に湯を流し入れるのと、砂型に埋めた発泡スチロールの模型を湯で溶かすことの違い〟ってことで思い出しました。湯の温度が違います」

「なるほど」「そうだったよな」という声が皆から上がった。砂の中の空洞に流し入れる場合より、フルモールド法の場合は模型が熱を奪うため、湯の温度を二〇〇度上げている。

とんがった口のせいで、いつも不満そうな顔に見える小西がなおも言う。

「発泡スチロールの燃えカスが鋳肌を荒らすわけですから、電気炉の温度設定をもう少し下げてみたらどうでしょう？　そしたら、もっときれいに燃えるってことはないですかね」

「それはできない相談だな」

と石戸谷が禿げた頭を撫《な》でながら発言した。たちまち小西の唇がさらにとんがる。そのくちばしの先に向けて石戸谷が続けて言い放つ。

「木型法の場合、湯の温度は一二〇〇度。発泡スチロール模型は一〇〇〜一五〇度の熱を奪うわけだから、その分を一二〇〇度に上乗せした一三〇〇〜一三五〇度でいいじゃないかってことだよな？　それなのに、なんで電気炉の設定を一四〇〇度にするのかってな？」

「ええ」

「それはな、電気炉から湯を取鍋に移した時に、温度が下がるからなんだ。取鍋を砂型まで移動させる間にも、湯の温度は下がっていく。だから、その分を考慮して電気炉の設定を一四〇〇度にしてるんだ」

「じゃ、木型法の場合の電気炉の温度設定は――」

小西に対して石戸谷が頷く。

「一二五〇度だ。つまり、湯口からそそがれた熔湯が、湯道を通り、鋳型に達した時の温度が一二〇〇度でなければならない」

「そうだったのか……」

小西の唇が引っ込んだ。それを見て石戸谷が再び頷く。

「フルモールド法の場合も同様だ。一四〇〇度あった熔湯が、熱を奪われながら模型に達した時の温度が一三〇〇～一三五〇度になってる。もう一度言うが、この湯の温度は模型を溶かす際の温度であって、電気炉の設定温度は、それよりも高くないといけないってことなんだ。それを五〇度でも下げれば、鋳込み温度が低くなって、湯回り不良を起こし、製品の先端に欠肉が発生するからな」

模型の隅々が溶け切らずに、鋳物の先端の角部が丸みを帯びてしまうとドヤオジは言っているのだ。なんでもいい、却下されてもいいから頻繁な意見交換があるべきだ、とルカは思う。

加奈子が、丸い黒フレームの眼鏡の奥の目を関に向ける。

「噴火問題を解決した時みたく、鋳造方案でひと工夫できないの、関ヤン？」

「これは造型の問題じゃあねえ。模型の問題だって」加奈子に向けて応えた関が、次にのっぽの榎本を見上げる。「頼むぜ、エノさんよ」

「模型の仕上げのヤスリ掛けは、これ以上なく丁寧にやってるぞ」と、榎本が今度はこちらに目を向けてくる。「だからこそルカちゃん、鋳物の総仕上げの表面処理くらい面倒臭がらずに時間をかけてやれ」

「面倒臭くて言ってるんじゃないんです」とルカは反論する。「時間とコストを削減するために、フルモールド法に転換しました。それなのに、仕上げ加工が木型法より時間がかかっていたら仕方がないと言っているんです。絶対にこれを解決しなくては」

一同が再び押し黙ってしまった。

しばらくして、「もうひとつ、木型法とフルモールド法では違ってるところがありますね」という声がした。

「タツちゃん、それってなに？」

発言者の辰沼にルカは顔を向ける。

「それは――」

辰沼とルカは朝一番のバラシを行った。砂を掻き分けシリンダーヘッドを探り当てると、ふたりは急いで鋳肌を指の腹で撫でる。そして、お互いに目を見交わした。

「――それは、木型法の場合、鋳型部分の砂に炭素を塗ることです」というのが彼の意見だった。「木型でつくった空洞部分の砂の面にカーボンを黒く塗るのは、鋳物の砂離れをよくするためです。フルモールド法でも模型にカーボンを塗れば、発泡スチロールが溶けて気化する時に、砂に焼きつくのを抑えられるんじゃないかと思ったんです」

昨日、関や野島らが造型している模型も湯道も真っ黒に塗られていた。カーボンである。そして今朝、鋳物の表面にくぼみはあったが、それはずいぶんと減少していた。注湯した模型にカーボンが塗られていたことで、砂の焼きつきの抑止力となったのだ。

「これで仕上げ時間が半分になるね」

ルカは辰沼にほほ笑みかけた。もちろん、問題が完全に解決されたわけではない。フルモールド法は手探りだった。まるで、砂の中から鋳物を探り出すように。

ふたりは、来る日も来る日も仕上げ作業に追われ続けた。依然として、木型法なら一時間でできる仕上げに七時間もかかっていた。最初の十五時間に比べれば半分だが、木型に比べたら七倍だ。

そうしてある時、タモンの小野寺が納期前にもかかわらず清澄鋳造に姿を現した。

「今現在、どんな感じですか？」

スーツ姿の小野寺は、いつもの紳士的な彼らしくない様子でずかずか注湯所に足を踏み入れてくる。辰沼とルカは相変わらずサンダーで、シリンダーヘッドの仕上げ加工の真っ最中だった。

「なるほど、鋳肌にフルモールド鋳造法に特有の残渣欠陥《ざんさけっかん》があるわけですね」

シリンダーヘッド表面を覆ったくぼみを、小野寺がしげしげと眺めていた。

「内径部分の仕上げはもう済んでいますか？」

と訊かれ、「はい」とルカは応えた。〝内径部分〟とは、シリンダーヘッドにあけられた四つの穴の内側を意味している。四つのピストンが往復運動するデリケートな部分で、仕上げ加工はいつも最初にそこから始めるのだ。

「では、このままお預かりしていきます」

小野寺の言葉にルカは驚いた。

「しかし、まだすべての仕上げ加工は終わっていませんが……」

「ピストン部分に影響がなければ、すぐに試作車に載せて検査したいんです。スケジュールが押してましてね」

「鋳肌の状態は関係ないということですか？」

これまで、仕上げ加工にあんなに苦労してきたというのに……。

「ボンネットの中の、人目につきにくい部品ですからね。ただし」と小野寺がルカを見る。「誤解しないでいただきたいのですが、先ほども申し上げたとおり残渣欠陥という名称がある以上、不良品なのです。そして、今回はこの状態でお預かりしますが、仕上げ処理の問題は早期に解決してください。自動車部品はスピードこそが価値だということをお忘れなく」

不良品という言葉が、ルカの胸に突き刺さった。

不良品をオシャカというのは、鋳物から来ているらしい。鋳物で阿弥陀如来像《あみだにょらい》をつくろうとしたところ、光背の細工があまりに薄いため湯回り不良を起こした。後光の射していない阿弥陀像を見た者が、「これでは釈迦《しゃか》像ではないか」と言った。釈迦像は光背《こうはい》を背負っていないものが多いからだ。ここから、不良品をオシャカと呼ぶようになったという説が一般的だ。だが、勇三は違うことをよく口にしていた。「鋳物の出来映えは、お釈迦さまでも分からない。だからオシャカなんだ」注湯所で、祖父が笑いながらこちらを振り向く。「鋳物は難しいよ。なあ、ルカ」

4

「新しく始めたっていう鋳造法はどうなの？」

と志乃に訊かれる。ルカは、また祖母の家を訪ねていた。ここに来る途中、自転車で横を通り過ぎた児童公園の一本桜が満開なのを目にした。清澄鋳造がフルモールド法を導入してから半年が過ぎていた。

「日々奮闘中ってとこかな」

「なら、いいじゃない」

と言って、ソーサーに載せたコーヒーカップをルカの前のテーブルに置く。そうして志乃が自分のコーヒーを置くと、向かいに座った。縁側の窓の外は、うららかに晴れ渡っている。

「また聞きたくなったんだ、ユウジイのことを」

すると、志乃がおだやかな視線をこちらにそそいでくる。そうして、「この前はどこまで話したんだっけね」と言った。

＊　＊　＊

一九四八年（昭和二十三）六月、勇三は開いた朝刊を眺めていて、思わず、「えっ」と声を出してしまった。

「ユウさん、どうしたい？」

丸い卓袱台《ちゃぶだい》の隣で茶を飲んでいた仙吉が、新聞を覗き込んできた。

「なになに〈太宰治氏心中か〉だって？」と見出しを読み上げる。「ダザイって、あの『シャチョウ』って本が評判になってる文士だろ？」

「やあね、お父さん。『シャチョウ』じゃなくて、『斜陽《しゃよう》』よ」

と飯びつを運んできた志乃が誤りを正した。

「〝やあね〟ってことがあるかい」と娘に向かって負けずに口応《くちごた》えしてから、「シャチョウは俺だったたな」と仙吉がとぼけてみせる。

「社長、新聞どうぞ」

と勇三は朝刊を仙吉に差し出した。

「なんだい、もういいのかい？」

と言いながら仙吉が受け取る。仙吉は、配達された朝刊を勇三よりも先に開かなくなった。このことだけでなく、近頃はヘンな遠慮を感じることがあった。

新聞を眺めながら朝飯を口に運んでいる仙吉をちらりと眺めてから、自分も小松菜の味噌汁《みそしる》を啜《すす》る。さっきの記事は、『トカトントン』の小説家が、三鷹《みたか》駅前の美容院に勤める戦争未亡人と心中したことを伝えていた。なにより勇三を驚かせたのは、そこに載っている流行作家の肖像写真だった。上野の地下道で見た男——背が高く、顔の長い男は太宰治だったのだ。勇三は不思議な縁《えにし》を感じた。あの時、自分の隣にいた、三人きょうだいはどうしたろう？　とふと思いをはせた。

終戦から三年、日本の食糧事情も少しはよくなってきている。いや、それだけではない。いろいろな面でこの国は息を吹き返していた。だが、鍋、釜、フライパンなどの日用品が不足しているのは相変わらずで、勇三はそれらの注文をことごとく引き受けた。さらに、清澄鋳造の受注の柱となったのは、焼き玉エンジンだった。〝焼き玉〟と呼ばれる燃焼室を真っ赤になるまで加熱し、燃料を噴射して点火、爆発させる。戦前までは、大型漁船のエンジンの主流を占めていた。近頃は、小型の漁船や運送船に広く使われている。走行する際、ポンポンとエンジンから音が出るので、ポンポン蒸気とかポンポン船と呼ばれ、人々に親しまれていた。

焼き玉エンジンの製造は、楡木鋳物《にれきいもの》が受注していた仕事をそのまま引き継いだ。楡木鋳物の職人ふたりもまた、清澄鋳造で働いてもらえることになった。木型をつくったり、手を入れて調整する勇三の鋳造に興味を持ったようだ。ふたりとも自分より齢《とし》上《うえ》だし経験もあったが、若い勇三を〝親方〟と呼んで立ててくれる。

昼休み、勇三は土手の上に胡坐《あぐら》をかいて握り飯を食っていた。荒川放水路を、ポンポン蒸気の小舟が大きな台船《だいせん》を曳《ひ》いていく。そこに志乃がやってきて、隣に腰を下ろした。

「近頃よ」と勇三は、真《ま》っ直《す》ぐに前を向いたままで彼女に話しかける。なんとなく言い出しにくい話題だったからだ。「社長が俺に遠慮してるみたいなんだ」

「どういうこと？」

「時々そんなふうに感じる」

「だから、どんな時によ？」

「朝刊を俺より先に広げないし、一番風呂も俺に譲る。晩飯の目刺しも、俺のより大きかったら急いで皿を交換する」

横で志乃が噴き出した。

「なによ、それ？」

笑っていた。

「志乃ちゃんは気がつかなかったか？」

「まあ、少しは」と笑いやんで、なおも言い募る。「会社が清澄鋳造になって、鋳物にまで手を広げたわけでしょ。お父さんは社長だけど、自分は鋳物ができない。だから、肩身が狭いのよ」

「社長の木型がなけりゃあ、鋳物はできないんだぞ！」

むきになって言い返した。

「それでも、木型と鋳物が両方できるユウさんを見ていると、自分が形ばかりの社長のような気がするんじゃないかしら」

この父娘《おやこ》のためと思ってしたことだった。それが、仙吉にそんな思いをさせていたとは……。

日本晴れで、ポンポン蒸気に混じって干した布団を叩《たた》く音がする。

「ねえ、ユウさん、今度映画に連れていって」

志乃がそんなことをねだる。

「なんの映画だ？」

「『逢《あい》びき』。イギリスの恋愛映画」

勇三の柄《がら》ではなかった。自分は黒澤明《くろさわあきら》という監督が撮った『酔いどれ天使』が観《み》たかった。闇市のやくざの話らしい。主役の新人俳優の三船敏郎《みふねとしろう》は、航空隊の写真班にいたそうだ。特攻兵の写真も撮っていたという。勇三は、楡木が見せてくれた回天で出撃した孫の写真を思い出した。その楡木は、工場を譲ったあといっさい姿を見せていない。来れば、現場のことに口出ししたくなる。それを避けたいのだろう。

いずれにせよ、どちらの映画にも行けそうになかった。志乃に向かって勇三は言う。

「当分、日曜も休めそうにないんだ」

吾嬬町《あずまちょう》の楡木鋳物を譲り受けたり、葛飾のこれまで清澄木型のあった土地に木造平屋の粗末な家ではあったが新築したりで、銀行から借金をした。とにかく働かなければ。

そうして、仕事はどんどん忙しくなっていった。楡木鋳物時代からのふたりの職人のほか、鋳物の現場にあとふたり雇った。木型のほうは、清澄木型の頃からの職人が三人いる。経理を見る志乃と社長の仙吉、勇三を入れてちょうど十人になったわけだ。十人分の給料を稼がなければならない。おまけに返済もある。

勇三の毎日は、だいたいこんな具合になった。翌日に納品する鋳物の仕上げを、職人たちを使って夜の十一時頃までやる。全部の仕上げが終わらなくても、職人らにはこの時間で帰ってもらう。その後、出荷のための残りの仕上げを、ひとりで夜中の一時頃までに片付ける。未明の三時には出荷のトラックが来る。それまでの二時間ほど砂の上に敷いた藁《わら》の筵《むしろ》にもぐり込んで仮眠をとる。トラックが来たら飛び起きて、鋳物を積み込み、納品書を渡して送り出す。これが終わるのがだいたい四時頃だ。それから職人らが出社してくる朝の六時まで、二時間ほど筵で寝る。

休みは三ヵ月に一日あればいいほうだ。風呂に入って、畳の上で寝られるのは一ヵ月に十日ほど。残りの二十日は真っ黒けのまま風呂にも入らず、途切れ途切れの仮眠でしのいだ。一ヵ月の勇三の労働時間は五百時間を超えていた。職人らにも苦労をかけたと思う。しかしそれだけ働かないと、カネが回らず、仕事がこなせないのだ。そんな生活が三年続いた。この過酷な労働の中で、勇三本人も驚いたのは、自分の鋳物の腕前がめきめき上がっていたことだ。本割《ほんわり》で相撲《すもう》の稽古《けいこ》を積んでいたようなものだった。

一九五一年（昭和二十六）になると、暮らしもようやく落ち着いてきた。勇三も仕事が終われば、たとえ夜中であれ葛飾のうちに帰れるようになっていた。その日は日曜日だったし、納期がひと段落したこともあって、勇三は夕刻に帰宅していた。久し振りに仙吉、志乃と三人で揃《そろ》って夕餉《ゆうげ》をともにする。志乃が酒屋で冷えたビールを買ってきて、仙吉はご機嫌だった。

晩飯のあとで仙吉が、「ユウさんよ。あんた、いったいいつまで志乃を待たせるつもりなんだい？」突然そんなことを言って寄越す。

卓袱台の上を片付けていた志乃の手が止まった。そして、仙吉を睨んで、「お父さん！」と厳しい声をぶつける。

どういうことだろう？　と考えたあとで、ふと思い至った。

「ああ、そういえば、いつか志乃ちゃんと映画を観に行こうって言ってたよな。なにしろ忙しくて、すっかり待ちぼうけ食わせちまったな」

のんびりとそう言ったら、「ユウさんのバカ！」と、志乃が茶の間を飛び出していった。そのあとで、ガラガラ、ピシャン！　と玄関の引き戸を激しく開《あ》け閉《た》てする音が響き渡った。

「まさに〝ユウさんのバカ〟だよな」

仙吉が呆《あき》れている。

「社長、いったい……？」

「志乃はもう二十一なんだぞ。いつまでひとりにしとくつもりだ」

「え⁉」

「ユウさんにその気がないんじゃ仕方ないけどよ」

それで、やっと意味が分かった。俺のバカ！　だ。

「しかし、志乃ちゃんのほうは——」

「ずっとあんたが、嫁になれって言ってくれるのを待ってるよ。分からないかい、ユウさんには？」

勇三は頭を掻いた。

「なにしろ、ほとんどうちに帰ってきてなかったもんですから」

「そりゃそうだな」と仙吉が苦笑いする。「あんたには、ホントに苦労かけたよな」

しみじみそう言ったと思ったら、深く頭を下げた。

「そんな、社長、よしてください」

するとと、仙吉がすぐに顔を上げる。

「いけね、志乃のことを忘れてた！　早く追いかけてやってくれ‼」

初夏の陽《ひ》が落ちたばかりだった。勇三が土手の上に駆け上がると、志乃は暗くなった川面《かわも》を見下ろしていた。自分も隣に立って、しばらく黙ったままふたりでたたずんでいた。そして、勇三はやっとのことで口を開く。

「志乃ちゃん、俺と……俺とこの先一緒に歩いてくれないかな。苦しい時には、おんぶしてやるから」

明るくちゃ言えないぜ、小《こ》っ恥《ぱ》ずかしくてこんな……。

「どういうこと？」

「結婚してくれってことだよ」

志乃が黙ってうつむいているので、そっと窺《うかが》うとすすり泣いていた。やがて、しゃくりあげながら、「不束者《ふつつかもの》ですが……よろしく……お願いします」と途切れ途切れに言う。

遅ればせながら勇三も胸がいっぱいになった。

「ユウさん、映画はなにを観に連れていってくれるの?」

「国産初の総天然色だっていう『カルメン故郷に帰る』なんてどうだ?」

すると志乃は、「高峰秀子《デコちゃん》か、いいよ」と、やっと笑顔になった。


勇三は婿養子《むこようし》になり、滝沢から清澄姓を名乗るようになった。仙吉は、すぐにでも社長職を継がせたいようだったが、まだ早いと勇三は断った。なにしろ、仙吉はまだ五十前である。いくらなんでも老け込む齢ではない。

注湯所の隣は、かつて楡木の家族が住む木造の二階家だった。この家も併せて譲り受けていた。一階は木型工場に改造し、二階は事務所と、台所が併設された畳敷きの休憩所である。平日は毎日残業だ。その合間を縫い夕方六時になると、清澄一家と社員が揃って晩メシを食べる。支度をするのは志乃の役割だ。そんなことだから、結婚後も特別変わらない生活が続いていた。

月末近くなると、社員だけが六時に食事をし、時間をおいてあとから清澄一家が夕飯ということになる。あちこちに支払いがあって大変だが、それでも社員のほうにだけは、いいものを食べさせたかった。食卓に並ぶおかずに差がつくので、社員に気を遣わせないようにしたのだ。まさに〝台所事情〟が厳しいことは社員らも分かっていた。だから、みんなで安い店を聞きつけては買い出しに行ったりした。

＊　＊　＊

「瀬戸際続きだったけど、そんな日々が今はとっても懐かしい。チャルメラの音が聞こえると、みんなで飛び出していって、屋台を囲んでラーメンを啜ったりね」

語り終えた志乃がほんのりとほほ笑む。当たり前だけれど、あの注湯所に祖母は自分とは違う思い出を持っているのだ。それを、ルカは聞きにきている。

「おばあちゃん、ユウジイと結婚して幸せだったんだね」

「幸せだったねえ」

しみじみとそう言う。

「思いっきり惚気《のろけ》てるね」

ふたりで声を上げて笑った。そうして、亡くなって八年経っても、まだ志乃に惚れられている勇三をたいしたものだと感じる。

「ねえ、もっと先を聞かせて」

とせがんだ。すると、志乃がはっとした表情になる。

「もう話すことなんてない」

志乃が顔を背けた。

「え？」

ルカは、祖母の急激な変化に戸惑ってしまう。彼女の頑《かたく》なな横顔の向こうで、ルカがこの春初めて目にした蝶《ちょう》が、光の中で不意に溶けた。

5

ユウジイと結婚して幸せだったたって言ってたのに、あの頃が〝とっても懐かしい〟って笑顔を見せてたのに、どうしておばあちゃんは……。

「おら、邪魔だ！」

後ろから罵声《ばせい》が飛び、傍らを猛スピードでターレが通過していった。

「ルカさん、ぼんやりしてると危ないですよ」

隣を歩いている辰沼に、そう注意を促される。

「ごめん」

つい、先日の祖母の反応を思い出してしまう。結局、あれきり志乃は口をつぐんでしまった。

築地《つきじ》市場にやってきていた。最寄りの地下鉄駅の改札を出ると、地下にある駅構内ながら、すでに魚のにおいが漂っていた。

地上出口から外に出ると、すぐに築地市場の正門で、辰沼について場内へと入る。花散らしの冷たい雨が降る日だった。しかし、傘が邪魔である。屋根があるところばかりではないので、どうしても傘を開くことになるのだが、細く入り組んだところでは遠慮してしまう。なにしろターレと呼ばれる、人が立って運転する小型運搬車が走り回っている。バイクやトラックも、場内をものすごいスピードで右往左往していた。

「年間に二十件の事故が発生するらしいですよ」

と辰沼が教えてくれる。今日は、辰沼の高校時代の同級生が働くマグロの仲卸店を訪ねてきたのだった。辰沼は、その同級生のつてで以前にもここに来ているそうだ。

「市場って面白いですよね。工場とはまた違う活気があります」

そう言う辰沼は、清澄鋳造の作業服姿だった。彼は近所のアパートから作業服を着て歩いて出勤し、作業服のまま帰る。この恰好以外の辰沼を見たことがない。ルカはスーツを着てきて、失敗したと思った。どう見ても場違いだった。

真剣勝負の仕事場に勝手にのこのこ入ってきて、怪我をしても、それは自己責任。あたりは、ピリピリした緊張感が漂っていて、怒られる感満載である。現在は朝の九時で、未明から働いている人たちの緊張感はピークに達しているのではなかろうか。一方で観光目的の人の姿もある。インバウンドも多い。

やがて、大きな建物内に入った。

「ここが、水産物の仲卸業者売場です。空から見ると、扇形の屋根になっているあの場所ですよ」

先ほど、その屋根の上に無数のユリカモメの群れが、おこぼれを期待して待ち構えているのを見た。なにがきっかけなのか、ユリカモメたちは時折いっせいに飛び立つと、雨の中を乱舞した。

目の前では広大な空間に店がひしめき、迷路を形成していた。ぴかぴかの鮮魚が並び、働く人々が忙《せわ》しげに行き交い、観光客が店の中を覗き込んでいる。ルカも邪魔しているほうの側なのだけれど、きっとここで働いている人たちには迷惑なんだろうなと感じてしまう。数年後には豊洲《とよす》への移転が決まっているし、そこでは一般客の立ち入りも制限されるのだろう。

「よお、タツ」

不意に店の中から声がかかった。見ると、若い男性が大きなマグロを解体しようと、刀みたいな細長い包丁を構えていた。

辰沼が彼に向かって軽く頷いてから、「こちら、俺の上司の清澄流花《るか》さんだ」と紹介する。

「すらっとした美人が上司なんて、羨《うらや》ましいぜ」

そう茶化す彼に、「失礼なことを言うな！」と辰沼が食ってかかる。

「悪《わ》りィ、悪りィ」と軽くいなしてから、「井波《いなみ》です」とルカに向けて名乗った。彼は、井波屋というマグロ仲卸店の跡取り息子だという。

「清澄です。よろしくお願いいたします」

ルカも挨拶《あいさつ》した。

すると、井波が再び辰沼のほうに顔を向ける。

「タツ、いったいどういうことだ、トロ箱を見せろなんて？」

辰沼が応えないでいると、「まあ、いっか」とひとり呟き、「幾らでもあるから、勝手に見な」と、井波が店の隅を顎で示した。そこには、鮮魚を入れる発泡スチロール製の箱が、無造作に積まれている。種々の大きさのトロ箱を、ふたりはしげしげと眺め、手にした。

「これは良質ね」

思わずルカは言う。

「密度が高いから、水が染み出さないいんですね」

辰沼がこちらに顔を向けてきた。

フルモールド法で鋳肌を荒らすのは模型の発泡スチロールだ。そこで、素材そのものから替えようと考えたのである。目をつけたのは市場だった。そこでは、魚箱として発泡スチロールが用いられている。
ルカは振り返って、「井波さん、このトロ箱はどちらで仕入れているんですか？」
と質問した。

第五章
別れ

ターボチャージャー

1

二〇一六年（平成二十八）十月、三十一歳のルカは、清澄鋳造《ちゅうぞう》の常務取締役に就任した。フルモールド法を導入してから三年が経《た》っている。その間、発泡スチロール業者と共同で鋳物《いもの》専用の模型材料を開発した。原料のビーズとビーズの溶着《ようちゃく》が密な発砲スチロールである。これにより、鋳肌《いはだ》の荒れは劇的に改善された。七時間かかっていた仕上げ作業も、木型法と同じ一時間で済むようになった。木型法では納品まで三週間以上かかっていたところを、ついに十日余りで可能にしたのである。

それでも、一方でさまざまなトラブルに見舞われもした。鋳物内部に大小の気泡状の穴が生じるブローホール、模型に塗った炭素が熔湯《ようとう》に混入してしまうカーボンピックアップ……。多くの問題に悩まされながらも、模型の仕上げや造型について、細部に至るまで徹底的な改革を試み、乗り越えてきた。そうやって、手にした清澄鋳造の技術を、自分たちはこう呼んでいる――ニューフルモールド法と。

「常務！　ルカ常務！」

サンダーの、鋳肌を研磨するけたたましい金属音の中で仕上げ作業を行っていると、誰かに呼ばれたような気がした。サンダーをオフにする。振り返ると、注湯所《ちゅうとうじょ》の出入り口にチヒロが立っているのがヘルメットのフェイスガード越しに見えた。隣で仕上げをしていた辰沼も、ルカが話しやすいようにサンダーを切っていた。

「なに、チーちゃん？」

「お客さまです」

ルカは身体に付いた鉄粉を払うと、彼女のあとについて連絡口を抜け、隣の建屋に入る。歩きながらヘルメットを脱いで、結んでいた髪を解《ほど》き、顔を左右に振った。鉄骨階段を上ると、二階の入ってすぐのところにある小テーブルを前に、スーツ姿の男性が座っていた。

「やあ、清澄常務」多聞技研工業の小野寺が軽く手を上げる。「忙しいのに、作業の手を止めさせてしまい、申し訳ない」

「いいえ」とルカは小脇に抱えていたヘルメットを入り口脇のラックに置いた。そのあとで、彼の向かいに腰掛ける。「小野寺さん、まさか、納期前にまたシリンダーヘッドを持っていきたいというのでは？」

小野寺が笑った。

「お宅がフルモールド法を導入してすぐの頃、そんなことがあったね」

相変わらず自動車部品に短納期が求められていることに変わりはなかった。毎回違う部品をつくる。同じ自動車でシリンダーヘッドの試作品をつくるにしても、新車のテスト段階で試作品に微調整の直しが入れば、それはまったく違う鋳物を一からつくるのと一緒だ。多品種少量生産は、小さい町工場にとって決して効率的ではない。毎回つくるたびに苦労する。だがその都度、技術力は否応《いやおう》なく培《つちか》われる。そうやって清澄鋳造も鍛えられてきた。しかも短納期という縛《しば》りの中で。

「今日は、相談があって来ました」

と小野寺が真顔になる。

「はい」

ルカは緊張して待った。小野寺の突然の来訪に、アラートが作動する。

「まあ、そう警戒しないで」彼が苦笑した。「よくない話を伝えにきたわけではないので」

いけない、また表情に出ているらしい。笑おうとしたが、ぎこちない笑顔になってしまう。

「貴社にターボチャージャーをつくっていただきたい」小野寺が身を乗り出す。「自動車エンジンの六気筒を四気筒に、四気筒を三気筒にと排気量や気筒数を減らし燃料消費を抑える。一方で、ターボチャージャーで過給することで、パワーの不足を補うという考え方がダウンサイジングコンセプトになります。ターボチャージャーは過給機とも呼ばれ、空気をより多くエンジンに供給するための装置です。ガソリンを多く燃やす代わりに、ターボチャージャーで空気をより多く供給してエンジンのパワーを上げるわけです」

清澄鋳造では、ガスの炎を用いる工芸品用の溶解炉の場合、ダクトから空気を送風し、螺旋状《らせんじょう》に巻き上げながら火力を強める。メカニズムの差はあれ、あんな感じかとルカは理解した。

「ところが、このターボチャージャーは、ボディをつくり、エンジンをつくり、それを実際に搭載してみてから、空いたスペースに組み入れるんです。どんな大きさ、形状になるかは、最終段階まで分からない」

「つまり、これまで以上に短納期が求められるということですね？」

小野寺が申し訳なそうな顔で頷《うなず》く。

「しかも、しっかりとした図面がこちらでも起こせない。なにしろ時間がないのでね。三次元データなんて問題外。かなり荒っぽい二次元データをお送りすることになります。いかがです？」

「もちろん、やらせていただきます」

ルカは即答した。

「そうこなくちゃ。貴社のニューフルモールド法には大いに期待してますよ」

「よろしくお願いいたします」

そう頭を下げたルカに、「では、このレースに清澄鋳造さんも参加してもらうということで」と、小野寺が意外なことを言い出す。もはやそこに、申し訳なさそうな表情はなかった。

「レ、レースとは、どういうことです？」

思わず訊《き》いていた。

「いいものをいかに早くつくれるか？　複数の鋳物屋さんに同じ図面を渡すことにします。ヨーイドン！　で競っていただき、一番早い鋳物屋さんに次回から注文することにしましょう」

「ターボチャージャーの試作品をつくるコンペに参加します」ルカは、注湯所に集まった設計班、模型製作班、造型班の社員に向けて宣言した。「みんなの力を結集した、ニューフルモールド法で勝ち抜きたいと思います」

かつて、フルモールド法に導いてくれた大村が「スラッガーの四番バッターさえいれば、ゲームに勝てるとは限らない。チームの総合力で勝つ」と言っていた。その大村鋳造工業は、この〝レース〟に参加しないと小野寺から聞いた。「うちは大型部品に特化してる」という大村の考えにブレはない、ということだろう。

「コホン」と隣で石戸谷が空咳《からぜき》した。「いいか、みんな。この仕事、絶対に取りにいくからな。なんでだか分かるか？」

「はい！　はーい！」

こんな時、いつも一番最初に手を上げるのは造型班の若い野島だ。彼を見て、石戸谷が疑わしそうに小首をひねる。それでも仕方なさそうに、「じゃ、野島」と指名した。

「それはどんな勝負でも、勝たなければならないからっス」

あまりに大まともな返答に、全員が絶句する。からかうような笑い声さえ上がらなかった。

「ま、そりゃあそうなんだけどもよ……」

と、石戸谷も困って髪のない頭を掻《か》いていた。

「あの」

と、ほかに手が上がったので、石戸谷がほっとしたように、「んじゃ、小西」と指す。

「ダウンサイジングは、タモンばかりが行うことではありません。各自動車メーカーが行います」と小西が口をとがらせて発言する。「したがって〝この鋳物屋が早い〟となれば、ターボチャージャーの仕事は、一挙にそこに流れることになります。ちょうど、湯が鋳型に向かうように」

石戸谷が彼のほうを見て、にかりと笑う。

「〝湯が鋳型に〟って小西、さすが鋳物屋だけにシャレたことを言うじゃないか」

それを聞いて小西の口がさらに得意げに伸びた。石戸谷が再び全員に顔を向ける。

「──そういうわけだ。このコンペに勝った会社が、今後一手にターボチャージャーをつくることになる。だからこそ、我々は絶対に勝つ！」

「おう‼」

全員から勇壮な声が上がった。それはなんとも頼もしい光景だった。しかし、ルカは危惧《きぐ》してもいた。

その日から、コンペのターボチャージャーづくりが始まった。設計室では、タモンから送られてきた二次元データを、三次元化していく。三次元データは模型製造部に送られ、榎本がNC機を操作して加工を行う。

結局、このデータでつくった模型は、榎本の判断でオシャカになった。

「エノさん、どういうことなの⁉」

加奈子が二階の設計室から降りてくると、激しく詰め寄った。

「どういうこともなにも、カナちゃんがつくった三次元データは、タモンから送られてきた二次元データと違ってる」

「どこがどう違ってるっていうのよ⁉」

さらにいきり立つ加奈子に対して、榎本はあくまで冷静に、「ほら、この曲面《アール》に触れてみなよ」と模型を示す。

「あれ、おかしいな……」と加奈子が今度は困惑した表情を浮かべ、首をかしげた。

「わたしの経験だと、こうはならないはずなんだけど……」

その後、榎本と加奈子は、「カン」と「経験」という言葉を何度も用いてやり取りしていた。技術者同士が深く語り合い納得する。彼らには、互いに対するリスペクトが感じられた。だが、それを遠巻きに見ているルカには、強い疑念が残った。

注湯所に行くと、造型部の関と野島が砂を手に取っていた。

「そう、そんな感じだ」

と関が言う。

「〝そんな感じ〟って、これくらいで砂の水分量がいいってことなんスね？」

と野島がやはり砂をつかみながら訊く。

するど関が、「おまえもいい加減、経験積んできてんだろ？　カンを養え、カンを」と突き放してしまった。

こんなことでいいはずがない、とルカは思う。ニューフルモールド法なんて喧伝《けんでん》しても、その実、清澄鋳造はなにも変わっていないのだ。

作業場のあちこちでは、「鋳物尺《いものじゃく》はどこいった？」とか「ヤスリがない」という声が聞こえる。溶けた金属が冷えて固まると収縮して小さくなるため、実際の寸法より目盛り間隔を一・〇一倍長くしてあるのが鋳物尺だ。鋳物屋にとってこんな基本的な道具を探しているとは、なんて時間の無駄遣いか……。自分が危機感を抱いているせいか、そうした声がひと際耳につくのだ。ふと見やると、現場に飛び交う声を気にしている者がもうひとりいた。ルカの視線に気づいた辰沼が、小さく頭を下げると向こうに去っていった。

ルカの気がかりは別にして、社員らの連日の残業が実った。

「清澄常務、今後当社が試作するターボチャージャーは、清澄鋳造さんにお願いすることで決定しました」

タモンの小野寺から連絡があったのである。

「謹《つつし》んでお受けいたします」

嬉《うれ》しくないはずがない。だが、受話器を握るルカには不安のほうが大きかった。

2

祖母が八十六歳で亡くなった。ひとり暮らしの志乃は呼吸が苦しくなり、自分で一一九番した。そして、救急車で区内の総合病院に入院し、翌日、息を引き取った。心不全だった。

志乃が入院してすぐに病院側から会社に連絡があり、満智子とルカは駆けつけた。すでに意識はなく、眠るようにそのまま逝《い》った。最期まであっさりとして潔《いさぎよ》い祖母だった。

葬儀は身内だけで行った。日曜日のせいもあり、清澄鋳造の社員には出席を遠慮してもらった。志乃はすでに経営から外れて久しい。石戸谷だけは、彼のたっての希望で参列してもらった。

火葬炉が点火する音を聞いて、満智子もルカも泣いてしまった。きっと勇三がここにいたら、男泣きに泣いたはずだ。おかしな想像だけれど、ルカはそんなことを思った。勇三は、ひとり残した志乃のことを気にかけていたはずだから。

葛飾にある清澄家の菩提寺《ぼだいじ》近くの小料理屋で、精進落《しょうじん》としをした。その後、吾嬬《あずま》町《ちょう》に帰るため、荒川に架かる木根川橋を満智子とふたりで歩いて渡る。葛飾区と墨田区の区境となるこの広い荒川は、かつて荒川放水路と呼ばれていた。日本有数の大河川である荒川は大雨のたびに氾濫《はんらん》し、東京の下町一帯は多大な被害を受けていた。そこで治水のため人工的につくった支流が荒川放水路だったのだ。のちにこの人工河川が〝荒川〟となり、本流であったほうの荒川が〝隅田川〟となった。

「多門技研さまのターボチャージャー、うちに決まってよかったわね」

満智子の言葉に、「うん」と頷きながらも、「これからが本当に大変なんだと思ってる」とルカは返した。

「自動車部品はスピードがバリュー。特にこのターボチャージャーはそう。もしも、うちが一番早いとほかのメーカーさまにも思っていただけたなら、仕事が押し寄せてくる」

「ありがたいことね」

満智子の言葉に、「確かに」と応《こた》えてから、さらにルカは言う。

「でも、ただありがたいと諸手《もろて》を挙げて喜べない状況が、今の清澄鋳造にはある」

「どういうこと？」

「量産品は規模の大きいところにはかなわない。だからうちは、ひとつひとつ丁寧なモノづくりをしていく。それで多品種少量生産に特化した。しかも短納期を実現するため、フルモールド法も導入した」

隣を歩いている満智子が頷いた。

「みんなで頑張って、ニューフルモールド法を確立したじゃないの」

「確立、とまではいってない。まあ、一応形になったっていう程度かな。でも、機能してる」

「だったら……」

「ニューフルモールド法だけじゃ不足なの。これだけでは、一気に集中する受注と厳しい短納期に対応できない。新しいシステムを打ち立てないと」

「新しいシステム？」

ルカは無言で頷き返す。川風が、ふたりの髪をなぶっていた。さっきまでお互い大泣きしていたというのに、いつの間にか仕事の話になってしまっている。だから、ルカはあえて志乃の話題を持ち出すことにした。

「あたしね、おばあちゃんのところに、ユウジイの話を聞きに行ってたんだ」

　すると満智子が不思議そうにこちらを見る。

「ユウジイのなにを？」

「ユウジイがどんな鋳物屋だったか知りたかったの」

「へえ」と満智子がほほ笑んだ。「で、なにか参考になった？」

「うん、いろいろ」

　橋を渡り切ると、少し風が穏やかになった。ルカは土手の上で立ち止まる。

「でもね、途中で打ち切られちゃったんだ。〝もう話すことなんてない〟って……」

　あのあとも祖母の家を訪ねていた。しかし、勇三の話を聞かせてほしいとは言い出せなかった。

「で、どこまで聞かせてもらったの？」

「ユウジイとおばあちゃんが結婚したあたりまで。当時、清澄鋳造は月末になると支払いに追われていたし、残業続きであたふたしていたって。でも、おばあちゃんも〝そんな日々が今はとっても懐かしい〟って言ってたのに」

　満智子がひとりで小さく頷いていた。

「おばあちゃんは、つらくてその先が話せなかったのね」

「え、なにがあったの？　もしかして、ユウジイが浮気したとか？　ほら、昔の職人って派手に遊んだっていうし」

くすりと笑った母が真顔に戻った。そうして、荒川を見つめる。
「わたしにはね、お兄ちゃんがいたんだって」

＊　＊　＊

一九五二年（昭和二十七）七月、勇三と志乃の間に男の子が生まれた。実の父親に邪魔にされ家を追い出された自分が、今度は子の父になる。勇三は戸惑いながらも、嬉しさのほうが勝った。息子を誠《まこと》と名づけた。誠実で真《ま》っ直《す》ぐな人間になってほしかったのだ。

不思議だった。誠は昨日より今日と、確実に成長していく。いつの間にか笑うようになっていた。その無邪気な笑顔を見ていると、父になった戸惑いのほうは完全に消えてしまい、喜びだけが募った。

さて、会社のほうはというと、落ち着いてきたかと思うと新たなごたごたが起こった。木型製作は、清澄木型時代から出来高制を採用していた。そのため、職人たちは難しくて手間のかかる仕事は、「カネにならない」とやりたがらない。なるべく簡単で、カネになる仕事ばかりやりたがる。割り振られた仕事を見ては、「この仕事は率がいい」「悪い」とすぐに不満を口にし、職人同士でもめた。

仕事が終われば終わったで、職人らは今度は出来高の評価でまたもめた。できる者と、できない者とでは、技量に三倍ほどの差があったのだ。月末になると、職場は荒れるようになった。酒が入りでもすれば、けんかになる始末だ。

仕事が増えるにしたがい人を雇い入れたが、腕のいい木型職人は絶対に新入りに自分の技能を教えない。腕を上げられたら、自分を脅《おびや》かす存在になる。給料が減ってしまうから、人が育っては困るのだ。だから、技はすべて抱え込んでしまう。こうなると、あとに続く人材が育たないし、生産量を上げることもできない。

怪しいほど大きな満月がむっくりと出た夕暮れ、事務所で勇三は、経理を一手に任せている志乃に相談した。

「出来高制の色合いの強い賃金制度が、人材育成を阻害し、会社の成長を妨《さまた》げているわけね」

と、背中に誠をおんぶした志乃が理路整然と言う。いろいろ本を読んで独学しているようだ。母親になって、貫禄《かんろく》もついてきた。

「ついこの前まで、一緒に晩メシを食ってた連中なのになあ」

勇三は寂しさを拭《ぬぐ》いきれない。時代は変わりつつあるのだ。

「まったくよね」

志乃が誠のお尻を後ろ手にぽんぽんと叩《たた》く。すると、誠がご機嫌そうにけたけた笑った。そんな息子の顔を見ると、勇三もついデレッとなって、ぷにぷにした小さな手に触れる。すると、その指を誠がつかんだ。

「おい、この子は利口だぞ！」

「親バカね」

「構うものか」と言ったあとで、「さて、給料の件どうしよう？」と再び訊く。

するとと頼れる女房殿は、「そうね」となにか考えついたらしい。

次の朝、志乃が社員らに向けて、年功序列型の賃金制度を発表した。

「それで文句がある人はどうぞ」

しれっとした顔で志乃が強気の発言をした。だが、誰しも賃金制度という言葉が初耳で、文句を垂れる者などひとりもいない。なにか大そうな取り決めらしいと思っているだけだ。その場にいる社長の仙吉も、やはり面喰《めんくら》ったように黙って聞いていた。

年功序列なら、勤続年数が長いほうが給料がよくなるわけで、辞める人間を引き留める効果がある。こうして志乃の発案により、少しずつ人を育てることができるようになった。

しかし三年後、清澄鋳造は最大の危機に見舞われる。柱になっていた焼き玉エンジンの注文が途絶えたのだ。もはやポンポン蒸気の時代は過ぎ去ろうとしていた。昭和も三十年代に入っていた。

事態は深刻だった。資金繰りはたちまち悪化し、給料が払えなくなった。入社して日の浅い若手の社員にはなんとか月々の分をきちんと払ったが、中堅から上の社員には三回払い、四回払いの分割、遅配を願い出ざるを得ない。もちろん人にはそれぞれ事情がある。いくら古参社員といえど、会社に義理立てばかりしていたのでは家族の暮らしが守れなくなる。「いつになったらちゃんと給料を払ってくれるんだ！」「どんだけ待たせるつもりだ！」仙吉に向けて、長年苦楽をともにしてきた古参社員から厳しい怒声が浴びせられるようになった。

「ユウさん、俺にはもう無理だ」ある日、仙吉に泣きつかれた。「あとは頼む。会社を潰してしまっても構わないから」

清澄鋳造の社長を受け継いだ勇三は、あちこちの鋳物屋を回って頭を下げ、仕事を分けてもらえないかと頼んだ。「あんたみたいな若《わけ》ぇやつがやるんだったら」と目をかけてもらい、家庭排水用の小口径の溝蓋《みぞぶた》などの仕事を回してもらった。

これを機に辞めていく従業員もいた。やはり、賃金制度の改革に不満があったのだろう。従来の出来高制で恩恵を受けてきた腕のいい職人が何人か会社を去った。

暗いトンネルの彼方に一条の光が射したのは一九五六年（昭和三十一）のことである。三洋自動車からオート三輪のエンジン部品の仕事が舞い込んだのだ。後発の自動車会社である三洋自動車は、「ほかが三年かけて新車を開発するなら、うちは一年で開発する。そうでなければ勝てない」と徹底的な短期開発の戦略をとっていた。埼玉県の川口や愛知県の西尾のように鋳物産業が盛んな地域は他社が先鞭《せんべん》をつけている。そこでほかを探した。その一社として吾嬬町に木型を内製する鋳物屋を見つけ、自社に専任することを期待したのだ。

「これからは自動車の時代だ。清澄鋳造が生き残るにはクルマしかない！」

勇三は手繰《たぐ》り寄せた運を放すものかと、この仕事を最優先した。三洋自動車は納期と品質が厳しい分、よい単価を支払ってくれた。「潰れるのではないか」と社員も心配していた時だ、この仕事はありがたかった。辞めてしまった社員もいたので、一気に人手が必要になった。そこで季節工や、勇三自身も働いていた鉱山がそろそろ斜陽化してきたことから炭鉱離職者らを採用して労働力になってもらった。夜勤明けのタクシー運転手にも声をかけた。〝神風タクシー〟という言葉が流行《はや》っていた。速度制限や信号を無視し、強引な追い越しをして客を拾い、早く目的地に着いて客回転を上げようとするタクシー運転手をそうなぞらえたのだ。「神風か……」勇三は隔世《かくせい》の感を禁じ得なかった。

清澄鋳造に残った腕のいい職人らは、辞めてひとり親方になった者たちが時代に順応できず市場から消えていったのを目の当《ま》たりにしている。結局、彼らは会社に留まることで腹を括《くく》った。

勇三は、臨時雇いも前からいる職人も分け隔てなく、「期日どおり納入できたら、みんなに報奨金を支払う。だから頑張ろう！」と奮起を促した。「いいか、とにかく頑丈なものを心がけろよ！　そういうものがなかったから、日本は戦争で負けたんだ！」

久し振りに清澄鋳造に活気が戻っていた。その年の夏は盆休みなし。おかげで納期には全部の製品を納め、三洋自動車からの信用を確かなものにした。もちろん、他社の継続的な仕事もきっちり期限を守っている。

忙しさは変わらず、臨時雇いのつもりで働いていた者も、そのまま社員になった。大晦日《おおみそか》はみんな工場で年を越す。志乃と四歳になった誠が、社員らに年越しそばを配っていた。元日は二時過ぎまで仕事をした。朝は志乃と誠が、みんなの間を今度は雑煮を配って回った。そうした様子を、勇三は目を細め見つめていた。

三洋自動車との付き合いもあって、清澄鋳造は三輪トラックを購入した。

「おい、あれだ！」「おお！」「来た、来た！」会社の前に全社員が並び、勇三が運転する新車の青いトラックを万雷の拍手で迎えた。

「お父さん、すごい！」

誠が運転席の勇三に向けて手を振る。その輝く瞳を見て、誇らしい気持ちになった。

「お父さんね、あんたを隣に乗せたくて、忙しいのに運転免許を取ったのよ」

志乃がこぼれるような笑みを誠に向ける。

「ちょっと遠出してくる」

勇三が言うと、志乃の笑顔が驚きの表情に変わった。

「いったいどこに行くの？」

それには応えず、プップーと警笛を鳴らすと勇三は三輪トラックを発進させた。本当は、すぐにでも隣の席に志乃と誠を乗せて走りたいのだ。だが、行かねばならないところがあった。さっきの誠の目、あれを見たら、もういいではないかと思う。けれど、行きたかった。これは、意地だ。勇三は群馬を目指していた。

実家を離れて十年以上になる。だが、道は覚えていた。もはや午後遅くになっている。三月の今、畑の横を走ると、長兄と次兄がネギを収穫していた。このあたりの名産の下仁田《しもにた》ネギだ。あいつの姿も見える。継母《ままはは》の連れ子だ。ぼけっとした間抜け面《まぬづら》で、こっちを見てやがる。兄たちは俺に気がついただろうか？　きっともう嫁をもらったことだろう。そのままトラックを走らせ、実家の庭に突入した。平飼《ひらが》いの鶏《にわとり》が、驚いて隅のほうに逃げる。何事かと、家の中から手拭《てぬぐ》いを姉様《あねさま》かぶりにした中年女が、そのあとで野良着姿の初老の男が縁側に出てきた。呆然《ぼうぜん》とこちらを眺めている彼らの前を、勇三は二周、三周と走った。

「勇三……」

父がこちらに向かって弱々しく呼びかけた。自分はこのトラックを見せびらかしに来たのだ。勇三の目は、いつの間にか涙で曇っている。道に出るとそのまま走り去った。


仙吉が三輪トラックの青いドアに㈱清澄鋳造と白ペンキで書いた。

「うまいもんですね、親父さん」

勇三は感心する。娘婿《むすめむこ》になると、「これからは〝社長〟じゃなく、〝親父〟って呼んでくれよ、ユウさん」と仙吉に言われた。その仙吉は、社長の座を退いてからは会社に姿を見せることがいっさいなくなった。「俺は逃げたんだ。恥ずかしくて、顔なんか出せないよ」と言うのである。それで、仙吉にもトラックを見せようと、葛飾の家に乗りつけたのだ。

「大したもんだよ、ユウさん。会社のクルマを持つなんてよ。やっぱりあんたに任せてよかった」

そう言ってくれる仙吉を見て、勇三はしみじみ嬉しかった。

季節は春から夏へと移ってゆく。仕事はだいぶ落ち着いてきて、勇三も日曜日には休めるようになった。昼に冷たいそうめんをすすったあと、仙吉は近所の将棋倶楽部《しょうぎくらぶ》に出掛けていった。勇三は畳の上でごろ寝する。うつらうつらしていた。風に雲が流れているようで、まぶたの裏が明るくなったり暗くなったりする。ひどくよい気分だった。軒先に吊《つ》るした風鈴が鳴る。

「美しい音だね」

と声がして目を開けた。すると、膝の上で絵本を開いていた誠がこちらに顔を向け、「お父さん、美しい音だね」と笑顔になる。〝美しい〟――おかしなことを言う子だ、と思った。美しいなんて言葉、これまで俺は使ったことがあっただろうか？　社員に向かってけしかけていることといえば「頑丈なものをつくれ！」だ。誠は本を読むのが好きだ。小学校に入るのは来年だが、志乃が読み書きを教えているらしい。本の中に出ていた言葉だろうか、〝美しい〟などというのは？

「誠、本ばかり読んでいないで、外で遊んでこい」

ついそんなことをきつい口調で言ってしまう。誠は、火を怖がって注湯所に入ってこない。二階の事務所で本を読んでいる。志乃が、仕事の合間に字を教えているのだ。将来会社を継ぐべき息子が、鋳物に興味を持たないことが気にくわなかった。「子どもなんて、そのうちいくらだって変わるわよ」と志乃は言うのだが……。

勇三はむくりと起き上がり、誠から本を取り上げた。

「男なんだから外で遊んでこい！」

誠が、たっと走って台所に逃げた。

「どうしたの？」

すぐに志乃がやってきた。息子は、その後ろに隠れるようにしている。

「おまえがそんなだから、誠は鋳物に関心を持たないんだ！」

「お父さん、またそれ？」

志乃は呆《あき》れた表情をする。

「なんだその顔は？」

むかっ腹が立って仕方がない。さっきまで、あんなにいい気分でいたのに。家にいるというのは、やはりよいものだなと思っていたのに……。

勇三は玄関につかつかと向かっていく。

「どこに行くの？」

「パチンコ！」

しかし月曜日に会社に出ると、なんだかほっとした。俺の居場所は、やはりここなのか？

その日も、そろそろ三時休憩になろうという頃だった。

「親方！」この春、集団就職で入社した石戸谷が慌ただしく注湯所に飛び込んできた。

「マコッちゃんが！」

「誠がどうした⁉」

急いで隣の建屋に行くと、椅子に腰を下ろした誠がわんわん泣いている。半ズボンから伸びた右足首に手拭いが巻かれ、それが真っ赤に血で染まっていた。

「お父さん……」

誠の傍らで心配そうにしゃがんでいる志乃が、こちらを見上げる。止血のための手拭いは志乃が巻いたようだ。近所の男の子たちと荒川の浅瀬に入って遊んでいて、砂地に埋まっていたガラス片かなにかで足首を切ったらしい。勇三は急いで誠を抱き上げると、トラックに乗り、最寄りで一番大きな病院に駆け込んだ。傷はそれほど大きくなく、手当てをしてもらいその日は家に帰った。やれやれひと安心といったところだった。

しかし翌日、誠は四十度近い熱を出した。再び病院に連れていくと、「右足のくるぶしが、骨膜炎を発症していますね」と医師に告げられた。運の悪いことに、傷口からばい菌が入ったらしい。症状は極めて重かった。

「大変残念なことですが、足首から切断しなければなりません」

医師の言葉に、志乃がわっと泣き崩れた。

「待ってください、先生!」勇三は必死にすがった。「誠は将来、鋳物師《いもじ》になるんです。足を切り落としたら、踏ん張りがきかなくなります」

「命にかかわることなんですよ」

と医師に静かに諭された。

「分かってます。しかし、足を切らずに助ける方法はないでしょうか？」

医師はしばらく考え込んでいたが、「ほかにひとつだけ方法があります」と重い口を開いた。それは抗生物質ペニシリンを投与することだった。だが、このペニシリンはひどく高価で、投与する量によっては会社員の年収分もかかるという。

「先生、ぜひお願いします！」勇三は頭を下げた。「なんとしても助けてやってください！」

右足を手術し、誠は二ヵ月入院した。その間、ペニシリンを毎日打った。それが効いたのか、退院することができた。

もちろん、すぐに自由に歩き回れるようになったわけではない。自宅療養となったわけだが、それでも志乃がこしらえたおはぎを食べると、「おいしいね」と笑顔で言った。

ところがそれもつかの間で、骨膜炎が再発してしまい、また入院することとなった。再度手術し、またペニシリンを毎日打ったが、今度は効果がなかった。熱に浮かされながら、誠は病床から秋の窓外を見て、「空、美しいね」と、やっと言い、息を引き取った。

「俺のせいだ……」

泣き暮らしている志乃の背中に向けて勇三は言った。

「医者が言うとおり右足首から切断していたら、誠は助かったんだ。なのに……なのに俺は、息子をペニシリン漬けにしたうえ死なせてしまった」そこで、自分の肩ががくりと落ちるのが分かった。「いや、それどころか、外で遊べなんて無理強いしなければ、誠は怪我をしないで済んだんだ……」

志乃の泣く声がさらに大きくなった。

ある日、庭先にぼんやり突っ立っていたら、「ユウさん」と仙吉に声をかけられた。

「別れるのは悲しい。けれどもよ、また会うための別れなんだ。なあ、ユウさんよ」

それを聞いて、誠が死んでから初めて涙を流した。いや、泣くこと自体がひどく久し振りのような気がした。

3

「自動車部品はスピードがバリュー。特にこのターボチャージャーはそう」ルカは満智子にそう告げた。なんとしても新しい生産システムを構築しなければ。模索する日々が続いていた。そんなルカのスマホが震えた。机上に置いたディスプレイの名前を見て、心臓が波打つ。スマホを取り上げると、慌てて席を立った。そんな自分に、石戸谷と満智子が視線を送ってくる。

――ヤバい、あたしはなんでも顔に出ちゃう。

ふたりの視線から逃れるように、ルカは小走りになった。電話の向こうにいる彼のところに走っていく。二階の事務所を飛び出し、鉄骨階段の上に立った。

「和也」

通話キーを押して、その名を呼んだ途端、甘やかなものが胸いっぱいに広がった。階下から機械音がいっせいに立ち昇ってくる。

「携帯の番号、変わってなかったんだな」

彼の声がのんびりと耳に伝わってきた。

その晩、和也と銀座のスペイン料理屋で食事した。自分はいつだって忙しい。しかし、出張で東京に宿泊するという彼からの当日の誘いにためらいはなかった。

「毛利ホスピタリティーズの記事、新聞で読んだよ」

ワイングラスを手にしてルカは言う。

和也は、家業の老舗《しにせ》旅館である毛利屋を高品質旅館というコンセプトのもとに一新した。

「かつて旅の途中にあったのが旅館だった。俺は、その旅館に泊まることを旅の目的にさせたかったんだ」

和也は少し太っただろうか。いや、貫禄がついたというべきだろう。自分も彼も三十歳を過ぎていた。そうして、改めて会ってみると。和也は大村と少しも似ていなかった。一緒なのは背が高いことと、縁なし眼鏡を掛けていることだけだ。和也は和也だ。繊細な鼻梁《びりょう》、レンズの向こうのまつげが長い。白いインナーに黒のニットジャケットを羽織り、マスタード色のパンツというスタイルだった。ダークブラウンの靴がぴかぴかに磨き立てられている。

「うちは老舗なんて呼ばれてるけど、温泉街の中心地から外れている」

そこで、彼は旅の目的となる宿づくりを始めた。すなわち、広いロビーで抹茶を点《た》てて客を迎えるようなスタイルから、パブリックスペースを少なくし、個室露天風呂を備えた客室完了型の宿にした。全室〝畳文化〟で宿泊客を幸せにする和の心を活《い》かす一方で、部屋食をやめ、本格的なモダン懐石を提供する付属の料亭を設けた。部屋食は準備の際、若い客が年配の従業員に気兼ねする。同様の配慮から、部屋に床《とこ》を伸《の》べるのではなく、和風ベッドを採用した。料亭は、料理の味わいとともにプライベートな空間を保てるよう全席個室にして、好評を得た。温泉を二十四時間満喫できるのはもちろん、一回だけ来てもらうのではなく、また訪れてもらえるようにと、料理の献立も月替わりにし、館内のしつらえも季節ごとに変更した。なにより接客には気を配った。それらが功を奏し、リピーター率が四〇パーセントに及ぶようになった。

「カミさんの実家も軽井沢では名門といわれるホテルだが、周りにはなにもない。昔は静けさを求めてこうした宿が選ばれたわけだけど、今では駅前のアウトレットパークに客が流れている。そこで毛利屋と同様、宿泊することが目的となる高品質ホテルに模様替えしたわけさ」

彼は高品質旅館や高品質ホテルを手掛けるリゾート運営会社、毛利ホスピタリティーズを立ち上げた。東京には、大手ゼネコンとの商談で来たとか。和也が妻のことを話題にしても、もはや心が泡立つことはなかった。デキ婚で、二歳になる女の子もいると。それよりもこうやって話していると、同志のような気がしてくる。業種は違うけれど、ともにビジネスに立ち向かう同志に。

「ところで、おまえのほうはどうなんだ？　鋳物屋の常務なんだろ」

「そうね――」

ルカはこれまでの展開と当面の問題点――自分の頭をほぼ占有している新たな生産システムづくり――について話し始めた。話しているうちに清澄鋳造の現場が違った目で見えてくるようだった。それは、久し振りに味わう新鮮な感覚だった。彼に会えてよかった。

その後、ふたりで和也が宿泊するホテルのバーに席を移した。

「〝けれども今は窓々や大きなドアから不意に空虚さが流れ出てきて、ベランダに突立ち、型どおりに別れの手を振っている主人の姿に、完璧な孤立の雰囲気をまとわせているような気がした。〟」

真鍮《しんちゅう》の手すりが付いたクラシックなバーカウンターの隅の席で、ルカは『グレート・ギャツビー』の一節を英語で暗唱した。それは、和也が好きな一文だった。

「フィッツジェラルドか」

彼がオンザロックのグラスを取り上げる。スコッチのシングルモルト。

「いつかこんな小説を訳したいって、言ってたよね」

ルカはマティーニのカクテルグラスの脚を持って、ひと口飲む。

「お互い、英語と関係ない仕事をしてるな」

和也が小さく笑う。

「まだ分からないよ」

とルカは言った。

「それはおまえにとって？　それとも、俺にとって？」

「どちらにとっても」

和也と自分は、互いの目を見つめ合う。

「なあルカ、俺の部屋で飲み直さないか？」

「え？」

「ダブルなんだ。泊まっていけばいい」

「なに言ってるの？　あんた結婚してるんだよ。子どももいるって」

「そういうの気にするのか？」

「当たり前でしょ」

ルカはむかっ腹《ぱら》が立ってきた。なんなんだこれは！　いったいなんなんだよ！

「ねえ和也、卒業する時、〝一緒に来い〟って言ったね？」

「だが、おまえは来なかった」

「もし、あたしと結婚してたら、出張先で誰かをこうやって誘うんだ？」

「おい、どうしたんだよ」

彼にしてみれば、思ってもみなかった展開になったのだろう。

「帰る！」

ルカはおカネをカウンターに置くと、店を出た。

銀座から地下鉄に乗り、相互乗り入れしている私鉄で吾嬬駅まで帰ってきた。誰でもよかったんだ、あいつ。ダブルに泊まって、きっと予定してた相手がダメになったんだろう。それで、気まぐれにあたしに電話してきた……。

さっきまで和也と交わしていた会話の生々しさを引きずったままで、母と暮らすマンションに帰りたくない。それで、工場に立ち寄る。すると、ドアに鍵がかかっていなかった。中に入ると明かりがついている。

「タッちゃん」

ルカが呼びかけると、作業台の前にいた辰沼が振り返った。


「今日から作業の編成を変えます」

ルカが宣言すると、何事だろうといった感じで社員らがきょろきょろと互いを見回していた。今日は隣に石戸谷がいない。石戸谷は清澄鋳造の相談役となり、週に二日だけ出勤するようになっていた。ルカは、石戸谷がいない日を選んでこの発表をすることにしたのだ。いつまでもドヤオジを頼ってばかりもいられない。

「エノさんには、作業場を主に設計部に移してもらいます」

長身の榎本が驚いて、がくんと腰砕けのような恰好《かっこう》をした。

「おい、ルカちゃん……じゃない、常務、それはいったいどういうことだよ？」

ルカはすぐにはそれに応えず、小西のほうを向く。

「小西君もそう。主に設計部で仕事をしてください」

彼のとんがった口がひときわ突き出る。ルカはなおも告げる。

「うちのような小さな町工場は、多品種少量生産で生き残っていくしかありません。だから大量生産品の扱いをやめ、単品ものに特化してきました。しかも短納期で。それを象徴するのが、今回タモンさまから受託したターボチャージャーです」

　そんなことはとっくに分かってるよ、といった表情でみんながこちらを眺めていた。ルカは気圧《けお》されないよう、努めて平静さを保ちつつ話す。

「うちは自動車部品を扱っています。だから、皆さんも分かっていると思いますが、新車にシーズンというものはありません。年間を通じてランダムに発売されます。でも、どうしたものか各社重なる傾向があるんです。あそこが新車をつくっているから、うちも——ということなのかどうか……それは、あたしたちが推測しても仕方がありません。いえるのは、タモンさまのターボチャージャーをきちんとつくれば、一挙にうちに仕事が流れてくる、それだけです。この前、小西君が〝湯が鋳型に向かうように〟と、たとえたとおりに」

「あ」と、そこで小西がなにかに気づいたらしい。「つまり、各社からのターボチャージャーの注文が重なるって、常務はそう言いたいんですね？」

　ルカは頷く。

「たとえ注文が重なっても、清澄鋳造は各社さまの期待に応える製品づくりを行わなければならないんです。また、期待にそぐわなければ、すぐに注文は打ち切られてしまいます。しかも各社いっせいに」

　皆しんとして聞き入っていた。

「〝あそこに頼めば、どこよりも早い納期で、よいものをつくってくれる〟――ますますそう思ってもらえるような鋳物屋に、当社はなる必要があります。そのための体制を整える、これは清澄鋳造の改革なんです」

注湯所に集まったみんなを、ルカはゆっくりと見渡した。今、あたしはどんな顔をして話しているだろう？　不安、怯《おび》え、迷い、傲慢《ごうまん》、頼む気持ち、根拠のない自信――顔に出るなら、なんだって出ていい。

「まず、模型の加工作業をすべてデータベース化します」

「ええ⁉」

全員がどよめいた。

「いいですか――」

ルカは説明を続けた。現在設計部には、ふたりのオペレーターがいる。木型を現場でつくっていた経験のある加奈子と、現場の経験のない若い女子社員だ。まず、現場経験のない女子オペレーターと榎本にタッグを組ませる。そして、榎本がこれまで追求してきた技の結晶を数値化してデータベースに収集する。それをＣＡＤ／ＣＡＭの三次元データに反映させるのだ。

加奈子と小西のタッグにも、互いの経験値をデータベース化してもらう。そして、二組のデータを付け合わせ、蓄積していく。

「俺の経験値をデータ化する、か」

「そう」とルカは頷く。「エノさんの経験とカンを数値化して、みんなで共有化したいんです。たとえば、この図面のアール部分には、この加工作業のデータを切り分けして宛《あ》てがえばいい、といった具合に」

するると、榎本が視線を返してきた。

「俺が提供したくないと言ったらどうする？　その経験とカンてやつを――」

ルカはある点景を思い浮かべる。あれは、大村が清澄鋳造の工場視察に来た時だった。榎本は、歴史的建築物の中庭に設置する蛇口を復元するため木型をつくっている。小西が隣から覗き込むと、榎本は身体で覆い隠してしまった。

「エノさんは、提供してくれるはずです」

とルカは応えた。確かに榎本は、経験とカンを頼みとする男だ。経験によって彼が得た技術を他人に渡すのをよしとしない。だが、フルモールド法の導入を皆の前で宣言したルカに対して、「親方も喜んでることだろう」と言い、自らの手で木工機をフルモールド用にカスタマイズしてくれた。なぜなら、榎本はいまだに勇三に信服しているからだ。つまりは勇三の威光を笠に着て、ルカは彼を従わせようとしている。

「そうだな」榎本の表情がふと和んだ。「常務から言われたとあってはな」

あたしに言われたからって、エノさん……。

「常務の提案で導入したフルモールド法がうまくいった。それでタモンさまからターボチャージャーも受注できたんだ。逆らう理由などないだろう」

ルカは胸にぐっと迫るものがあったが、それに浸《ひた》ることなく続けた。

「今後の模型づくりは、データベースをもとにしたシナリオにより完全機械加工で行います」

「えぇっ!!」

先ほどよりも大きなどよめきが起こった。

「それはつまり、機械加工した模型には、手作業による補足をいっさい施さないという意味か?」

と榎本が確認してきた。ルカは応じる。

「手作業は、仕上げの表面処理だけにします。ナイフなどを用いた補足の直しが必要な場合は、改めてデータを加えるなどしてシナリオを修正し、一から機械加工し直します」

「そんなの手間じゃありませんか?」

と口をとがらせる小西に対して、「一見手間のようだけど、新たな加工データが蓄積されると思えばいいの。手作業では、データは蓄積されないわけだから」そうルカは断言する。

「小西君、スイッチ入れたあとで動いてるNC機の横に張り付いてることあるよね。あれ、なにか意味があるの？」

とがっていた小西の口が急に引っ込んだ。

「意味って……なんか、うまくいくかどうか心配で……」

「いくら心配したって、いったんNC機が動き出したら最後、削り終えるまでどうしようもないでしょ。NC機は修正がきかない。うまくできるか、失敗するか、そのどちらか」

すると、小西が反論してきた。

「大失敗した場合、機械を止めることはできますよ」

「止めなくてもいいです」

ルカの言葉に小西が唖然《あぜん》としていた。

「今後は昼間、デスクで人がプログラムをつくります。人が帰った夜中に、NC機に働いてもらうことにします」

もはや、皆はしんとしていた。

「客先から渡された最低限の情報量の図面を、相手の希望どおりに形にしていきます。しかも短納期で。今後、お客さまはどんどん増えていきます。それも、納期が重複することが推測される中においてです。それに応えるには、個人の経験やカンに頼るのではなく、数値化したデータをみんなで共有し、生産管理システムを構築することが必要なんです」

造型班のほうにルカは顔を向ける。

「関ヤンもそう。自分の技術を定量的、論理的に説明できないえせ職人になり下がらないでください」

「えせ職人だと⁉」

関が顔を真っ赤にして、こちらを睨《にら》み据える。ルカは目を逸《そ》らさなかった。

「野島君に鋳物砂の水分含有量を訊かれたなら、〝カンを養え〟と応えるのではなく、はっきりと数値を教えてあげてください」

もはや関の顔色は赤黒くなっていた。固く握りしめた手をわなわな震わせている。

「フルモールド法を導入したばかりの時、関ヤンはパルプ管を使った造型がパズルゲームみたいで〝面白かったよ〟と言っていました。あたし、ああ、関ヤンはやっぱり鋳物が好きなんだなって思った」

彼がふっと息を吐く。そして、隣にいる野島のほうを見やった。

「一〇パーセントだよ」と振り絞るように言った。「鋳物砂が含むちょうどいい水分量は一〇パーセントだ」

それを聞いた野島が、「ありがとうございますっス」とお辞儀する。

ルカは再び一同に顔を向ける。

「タモンさまのコンペでは、連日みんなが残業してくれました。おかげで、勝つことができたんです。でも、今後はなるべく定時で帰れるようにしたい。そのために、タッちゃんにしてもらったことがあります」

辰沼が頷くと、注湯所の壁際に向かう。壁にはフックが並び、工具が掛けられていた。

「フックの上に、記号を書いたタグを貼っておきました」と辰沼が説明する。「工具にも同じ記号のタグが貼ってあります。工具を使い終わったら、必ず元のフックに戻すようにしてください」

この準備を、彼は就業後に少しずつ進めていたのだ。

「そっかー」「なるほどな」「模型班も真似《まね》しよう」という声が聞こえる。

「勤務中、探し物に費やしている時間は、年間百時間以上に及ぶという説もあります」とルカは補足する。「無駄を省いて、仕事の効率を上げましょう。早く帰れる時間を、趣味や休養に当て、明日のためにリフレッシュしてください。それから――」

まだなにかあるのか、という顔をみんながする。

「模型製作班のスタッフは、造型の仕事を覚えてください。逆に造型班の人は模型班の仕事を覚える。ひとりがふたつの仕事をできる体制が整えば、担当社員が休んでも進行に影響が出ないので。みんなも有給休暇を取りたいはずですよね。小さい町工場だって働き方を変えないと」

「そうだよな」「有給かあ」とささやき声がする。

ルカは両手をパンと打ち鳴らす。

「では、今日もよろしくお願いします」

社員らが解散したあと、辰沼が歩み寄ってきた。

「俺が高校を出て入社した時、まだ親方がいました」

彼はいったい自分になにを伝えようとしているのだろう？　とルカは思う。

「親方は確かに背中でみんなを引っ張っていた。けど、今は現場のみんなが常務についていってるんです」

「タッちゃん……」

「それを忘れないでください」

第六章　―　トーチ

1

「ここがキヨスミシステムの心臓部に当たるわけですね」

二〇一八年（平成三十）三月、久し振りに清澄鋳造《ちゅうぞう》にやってきた大村が言う。吾嬬《あずま》町《ちょう》の注湯所《ちゅうとうじょ》ではない。葛飾の生産管理センターだった。

「二階と三階それぞれに十名ずつ、合計で二十名のオペレーターがいます」

とルカは応《こた》えた。最初に会った時は三十二歳だと言っていた大村も今は三十七歳になる。なっていることになる。自分も三十三なのだ。彼は相変わらず若々しかった。自分はどうだろう？　若く見えるかどうかではない。少しは人間的に成長できただろうか？

「かつてお伺いした際には、事務所の奥の小部屋にオペレーターがふたりいて、そこが設計室でしたね。つまり、十倍の増員ということになる」

ターボチャージャーの発注は各社から殺到した。以前、仕事を打ち切られた三洋自動車からも依頼があった。「清澄鋳造さんの強みは、すでに時代遅れになりつつある」という言葉を電話でぶつけた進藤が足を運んできて、額の汗を拭《ぬぐ》いながら詫《わ》びていた。ルカは恨みがましい気持ちなど少しもなかった。そのおかげで清澄鋳造は変われたのだ。

短納期の加速と、多品種生産に対応するために構築した生産管理システムがキヨスミシステムだった。すなわち、職人の経験とカンをすべてデータベース化し、加工パターンをシナリオにする。オペレーターは、客先から送られてきた二次元図面に沿って、細分化した加工シナリオの中から適切なパターンを選択し組み合わせることで三次元データにプログラミングする。三次元データは、吾嬬町の製作現場に送られ、就業時間後にNC機で模型に削り出される。

「以前うちの模型製作部門は、就業時間の八割が機械の前、二割がデスク仕事でした。

現在は、この割合を逆にしました。昼間は、デスクで人がプログラムをつくる。人が帰った夜中に、機械に働いてもらいます」

ルカは、ガラス越しに室内を見つめながら説明する。そこには五脚ずつ二列に机が並び、カジュアルな服装の若い男女がパソコンモニターに向かっている。

「あ」

と大村が小さく声を発したのは、見覚えのある顔をその中に見つけたからだろう。横並びの席で、若者たちに混じって加奈子が作業していた。彼女はここの管理者だったが、分からないことがあった場合、そのほうが質問しやすいからとこの配置にしたのだ。三階の同じ位置には、チーフの小西がいる。部屋の向こうの窓外には、下町の住宅地の風景が広がっていた。

「なるほど、これは町工場のイメージを一新してますね」

そう感心する大村に、「最近は、大卒者の採用もできるようになりました」と言ったルカだったが、「でも、エンジニアは採用しても辞めてしまう人もいます」とがっかりな報告もしなければならない。

大村が黙って小さく何度か頷《うなず》いていた。ルカはさらに打ち明ける。

「彼らにしてみれば入社したら、やってることは地味な鋳物屋《いものや》なんですよね」

室内を眺めていた大村がこちらに顔を向ける。

「ルカさん覚えてますか、僕が一緒に鋳造業界に革命をもたらそうと言ったことを？」

「〝鋳物屋のイメージを変えたい〟――大村社長は、そうおっしゃってました」

彼が今度は大きく一度だけ頷く。

「僕よりも、ルカさんにならそれが実現できるような気がするな。ニューフルモールド法とキョスミシステムを実現したルカさんなら」

階段を降りると、一階のカウンター内は事務所である。本社機能もこちらに移していた。ただ、気持ち的に清澄鋳造の本社は、吾嬬町のあの注湯所のある風景なのだ。だから、ここは本社ではなく、生産管理センターと呼んでいた。

事務所の正面奥にある席から満智子がやってくる。

「大村鋳造工業みたいな大企業の社長さんが、こんなむさくるしいところによくもまあ」

と満智子は恐縮しきりである。

「ねえ満智子社長、それ、大村社長が以前いらした時も、同じことを言ってますから」

「だって、そうじゃないの」

と言う満智子に向けて、「お邪魔しました」と大村が頭を下げた。

社の前に置いたセダンを運転するため、ルカはサングラスを掛ける。昼前のこの時間、荒川を渡る橋上の陽射しがまぶしいのだ。大村が助手席に座ると、ルカは車をスタートさせた。以前、社用車は軽ワゴン一台きりだったが、工場が荒川を挟んで二ヵ所になって、客の送迎のためにシルバーのセダンを購入した。もちろん、大村鋳造工業のような高級車ではない。

祖母が亡くなって一年余りして葛飾の家を壊し、生産管理センターを建てた。いつまでも空き家のままにしておくわけにはいかなかったし、ちょうど会社が手狭になってきていた。

勇三と志乃には、ルカの知らない悲しい過去があった。おばあちゃんは、自分の子どもを亡くしてしまったのがつらすぎて、〝もう話すことなんてない〟と言ったんだね——改めてルカはそう思う。誠が亡くなって日を置かず、今度は仙吉が逝《い》ったそうだ。ひとりでいる孫を寂しがらせまいとするかのように。

祖母が亡くなるまで暮らした家は、高度成長期真っ盛りの一九七〇年代に入って建てられたものだった。ひいおじいちゃんとユウジイがつくった会社に建て替えたんだから、おばあちゃんも許してくれるよね。

吾嬬町の注湯所の前に、ルカは車を停《と》めた。醤油蔵《しょうゆぐら》を改造した注湯所も、その隣のやはり七〇年代に建てた鉄筋の二階社屋も外見上は変わりない。ちなみに、この建物に建て替えた際に、注湯所のキューポラを現在の三トン電気炉に替えたそうだ。

作業場に入ると、一階は、並んでいるNC機の数が増えた。そしてこれらの機械は就業後に稼働するので、今は静まり返っている。NC機の完全自動化を始めた当初は、朝、出社してみると大変な状況が起きていた。模型がせん切り状や粉みじんになっていただけでなく、機械の刃が折れていることもあった。それでも、ルカはこの方針を転換しなかった。機械の修理で、榎本にはずいぶんと手間をかけさせてしまったけれど。

鉄骨階段を二階に上がると、今は工場長となった榎本が模型の仕上げ作業の指揮を執っていた。こちらもスタッフが増えている。仕上げ作業はパートも含め全員が女性だ。かつて二十名だった社員が、現在はアルバイトやパートも入れて五十名になった。

「なるほど、発泡スチロールは軽いですからね。二階への持ち運びも容易というわけか」

大村がそう感想を述べる。

「なにしろ敷地が狭いので、苦肉の策なんです」

とルカは苦笑した。

「それでもこの立地にある鋳物屋は魅力ですよね」

とつくづく彼が言う。以前訪ねてきた際も、二階屋の高さまで吹き抜けになった羽《は》目板《めいた》張りの注湯所を眺め回し、「オシャレだなあ」ともらすのに戸惑ったものだ。駅から近いことも、ひどくお気に召していたっけ。

「ほんと、儚《はかな》い作業ですよね」

大村が仕上げ作業を見つめながら呟《つぶや》く。大村鋳造工業を見学した際、模型の表面処理を行うのを目にして、「一瞬にして消えてしまう模型を、きれいに仕上げるわけですね」とルカは言った。それに対して大村は、「儚いですよね」と、やはり感慨深げに同調したのだった。「でも、ただ消えるわけではない。鋳物に姿を変えるんです」とも。

――〝ただ消えるわけではない〟という言葉が、今ここでルカの胸に突き刺さった。

その意味がなにかは分からなかった。

「注湯所のほうにもご案内しますね」とルカは促す。「あちらは人が少し増えただけで、以前とあまり変わりはないのですが」

「ありがとうございます」と大村は礼を述べ、さらに、「ああ、さっきの話ね。ほら、鋳物屋のイメージを変えようっていう件――あれ、今あるものをうまく利用するのがいいと思うんです」と提案してきた。

「今あるものを？」

「ええ。そのほうが資本もかからないし、本業にも負担にならないんじゃないかな」

るんですか？」

「今日、大村社長が来てましたよね」と辰沼が言う。「俺に話って、それと関係があ

「うん、あるような、ないような、かな……」

曖昧《あいまい》な応え方をしたが、本当はずばり関係があった。それで就業後、「タッちゃん、ちょっと付き合って」と、この居酒屋風イタリアンにやって来たのだった。しかし、大村に言われて新たに始めたいことがあるというのは、なんとなく癪《しゃく》だ。ただでさえ「ニューフルモールド法とキヨスミシステムを実現したルカさんなら」なんて持ち上げられ、着手するよう仕向けられた形なのだから。

ルカは、バーニャカウダのディップソースにパプリカを浸していた。吾嬬町にも、こんな店がある。土手下の、工場をリノベーションしたオシャレなイタリアンだった。コンクリート打ちっぱなしの空間が工場の名残を感じさせる。二十三区内で操業するのが難しくなったり、後継者がいなくて閉めてしまう町工場も多い。

向かいにいる辰沼は「腹減っちゃったんで」とパスタを忙《せわ》しく掻《か》っ込み、生ビールで流し込んでいた。いつものように作業服姿の彼がいると、店内が工場の名残ではなく、工場そのものに感じられてくる。バーニャカウダの野菜スティックにも手を伸ばし、「これ、うまいな」とディップに漬けて食べていた。ビールを飲み終えると、ハイボールを頼んだ。

居酒屋風イタリアンなんかじゃなくてフッーの居酒屋のほうがよかったかなと思いながら、「ねえタッちゃん、結婚しないの？」と訊いてみる。彼も三十二だ。

「え？」

驚いたようにこちらを見返す。

「彼女とかいないわけ？」

なおも訊くと、彼がふっと笑った。

「俺、常務と仕事してるのが一番楽しいんですよ」

いつか大村が「彼は、どうやらルカさんのことが好きなようだ」と言っていたのを思い出し、どきりとした。それを振り払うように急いで話題を変える。

「実は新しいビジネスを始めたいんだ」

ルカから突然そう切り出され、戸惑った表情をしている彼に向けて補足する。

「新しいっていっても、今うちにあるものを使ってだけど」

「うちにあるものって、たとえば鋳物の仕上げ加工みたいなもんですか？　それとも、溶接とかいった二次的な加工とか？」

赤ワインをひと口飲んで、ルカは首を振る。

「そういうんじゃなくて、つくった模型を売ったり、オーダーを受けて模型がつくれないかって思ったの」

それが自分の中に浮かんだアイディアだった。〝ただ消えるわけではない〟という大村の言葉から発想したのだ。

「発泡模型でなにをつくるんです？」

と気のない感じで辰沼が訊き返す。

「だから、それをタッちゃんと話し合いたくて、声をかけたんじゃない。あたしだって、さっき思いついたばかりなんだから」

「うーん」

困ったように唸《うな》っている彼に、「もっとなにか食べる？」と訊いた。

「じゃ、ピザかなんか」

ルカはメニューを見ずに、店の人間を呼ぶと定番のマルゲリータを頼む。

「どうして模型なんですか？　鋳物だけじゃダメなんですか？」

辰沼が言ってくる。

「今やってることだけをただこのまま続けてるんじゃ、生き残れないと思う」そうルカは返した。「うちはこれまで、前にやっていたことを刷新してきた。木型屋から鋳物屋に変わり、木型法にフルモールド法を導入した。この先も変わっていかないと」

それが、鋳物屋のイメージを変えることに着手する本当の意味だ。自分で口にしてみて、改めて覚悟が決まった。そう、変わり続けないと。

「だけど、鋳物と発泡模型っていったら、対極のものですよね」

運ばれてきたマルゲリータを、さっそくぱくつきながら辰沼が言う。

「どういうこと？」

トマト、バジル、それにモッツアレラがたっぷりと載ったピザをさらに口に運びながら彼が続けた。

「確かに鋳物をつくるために模型は必要です。しかし鋳物っていったら、硬い、重い、運びづらいの代名詞。これに対して発泡模型といえば、柔らかい、軽い、運びやすいってことになる。営業先もこれまでとはまったく別の分野ってことになるでしょう。うちみたいな鋳物屋が相手にしてもらえるかな……」

だからこそ鋳物屋のイメージを変えるビジネスになるのだ。

「タッちゃん、いいこと言ったね。発泡模型は〝柔らかい、軽い、運びやすい〟か。だったら、それを求めてる客先を探そう」

ルカもピザに手を伸ばす。

「じゃ、これ食べたら、あんたのスーツを買いに行こ」

彼はきょとんとしている。

「タッちゃんも一緒に営業に出てもらう。ほら、みんなにも模型製作と造型の両方をやってもらってるでしょ」

「俺、模型と造型と注湯の三つにかかわってますけど」

そう不平をもらす彼を、「じゃ、そこに営業が加わって四役を務めてもらう」とルカは突っぱねた。

ハナミズキ通りにある紳士服量販店は夜の九時まで営業していた。ルカは、濃紺か黒のスーツを彼に勧めた。ノーアイロンの白いシャツを二枚。ネクタイも彼に合いそうなのを二本選んだ。それから、店内にあるものにふとルカの目が留まった。

「これ、マネキンですよね？」

そうルカは尋ねる。人の頭部、両腕、両足を除いた胴体部分のマネキン人形だった。

「わたくしどもはトルソーと呼んでいます」

と年配の男性店員が慇懃《いんぎん》に応える。

ルカは白いトルソーの前に立つと、素材を確かめるため中指を曲げ関節で軽く叩《たた》いてみる。ポリプロピレン、いや、強化プラスチック《FRP》か――。

「どうしました、常務？」

「なにをつくるか決まったよ、タッちゃん」

2

「確かに、軽いし、運びやすいわね」

普段は生産管理センターの二階にいる加奈子が、吾嬬町の模型製作部に来ていた。自分が設計データをつくったトルソーの出来具合を、両手で持ってチェックしている。

「価格的にはどうなの?」

と彼女がこちらに顔を向けた。

「FRPと比べたら素材も安いし、工程も少ない。市場に出回っているものの半分くらいの価格設定にできるかな」とルカは応える。「ある程度の数を出荷できれば、もっと価格を抑えられます」

腕組みしていた榎本が頷いた。そのあとで、「しかし、なんでマネキンだったんだ?」と訊いてくる。

「誤解を恐れずに言えば、なんでもよかったんです」

ルカの言葉に、加奈子が敏感に反応した。

「それ、ずいぶん乱暴ね」

「だから〝誤解を恐れずに言えば〟って、断ったでしょ。初めて着手するんだし、なにからどう攻めていけばいいか分からなかったのが事実です。とにかく行動してみようって」

加奈子がにんまりする。

「ま、これまでだって常務はそんなふうにやってきたんだもんね。ニューフルモールド法だって、キヨスミシステムだって」

ルカは首を振った。

「でも、それは鋳物屋の範疇《はんちゅう》でした。今度はまったくドメインが違います」

すると真っ直ぐな視線を加奈子が送って寄越す。

「でも、やるんでしょ?」

「ええ」とルカは頷いた。「始めたからには」

そこで榎本が奇妙なものでも眺めるように、傍らにぬぼっと突っ立っているスーツ姿の辰沼に顔を向けた。

「それにしてもタツ、おまえが営業とはな……」

辰沼とルカは、昼間は機械が稼働していない模型製作部一階の片隅にデスク二脚を向かい合わせに置き、新規事業部にした。

「常務、いきなりナニヨプープーって、ハードルが高すぎませんか?」

向かいで辰沼がぼやく。

〝ナニヨ〟は、ファッションデザイナー灘田那似代《なんだなによ》が一九六二年に設立したオートクチュールメーカーだ。フェミニンでエレガントなドレスがニューヨークコレクションで喝采を浴び、その後パリコレにも進出。顧客にはハリウッドセレブも名を連ねた。一世を風靡《ふうび》したナニヨだったが、バブル崩壊の影響もあり、一九九五年に民事再生法を申請、受理され負債総額百億円で倒産した。雌伏《しふく》の時を過ごしていた那似代は、二〇〇一年にファストファッションブランド、ナニヨプープーを立ち上げて再起。カジュアル衣料品の製造から小売りまでを一貫して行うことでコストコントロールを可能にし、価格を抑えた衣料品を、短いサイクルで大量生産・販売して消費者のウォンツをつかんだ。現在、国内で八百五十四店舗、海外で四百四十一店舗を展開している。八十二歳の那似代は、デザイナー、経営のトップとして君臨していた。

「あのねタッちゃん、相手がナニヨプープーだから意味があるの。ここを切り崩せば、ミンミンノノワーズだって、アノサーだって、絶対にうちのトルソーを使ってくれるようになるんだからね」

しかし、辰沼の表情は暗かった。それもそのはずで、ナニヨプープーの本社に何度電話しても、「検討してみます」「上層部に諮《はか》ってみます」の返事だけで、試作品のトルソーを見てもらうこともできなかった。慣れない電話アポイントとマーケット調査の仕事で、これまで現場仕事ひと筋だった辰沼はだいぶ疲弊している様子だ。

「うちでつくった製品は、軽いし、運びやすいし、安価。自信持っていいんだからね」

そう元気づけてみるものの、やはり彼は伏し目がちだ。午後には作業服に着替え、隣の注湯所で流し入れをするが、そんな時にもどこか精彩を欠いている。ルカは、辰沼を巻き込んでしまった責任上、なんとか成功体験で自信をつけさせてやりたかった。

そのためには……ちょっと無茶してみるか！


お台場スタジオシティは、大小の撮影スタジオをショッピングモールやレストランが取り巻いている。初夏の一日、そのスタジオのひとつで、ナニヨプープーの秋冬コレクションの発表会が実施される。その搬入口に、辰沼とルカは未明から張り込んでいた。

「これから夏本番だっていうのに、ファッション業界はもう秋冬ものなんだね」

と言うルカに、トルソーを抱えた辰沼が無言で頷く。その目は、彼らしい鋭い光を宿していた。机に張り付いているのではなく、こうしてアクションを起こしたことが功を奏したようだ。この会場に那似代は必ず姿を現すはず、とルカは見当をつけた。ワンマン経営者の那似代にじかにアピールし、気に入ってもらう。そうして、トップダウンで契約に結び付ける戦法だった。いや、無駄足になってもいい、なにかしたかったのだ。

明るくなるにしたがって発表会のための搬入車両が次々に到着し、スタッフが頻繁に出入りするようになった。スーツ姿でトルソーを抱えてたたずむ辰沼は、さっきまで珍妙というか、異様であった。ところが、大荷物とともに右往左往する人々の中で、まったく違和感がなくなっていた。

昼近くになって、ひどく車体の長い真紅のキャデラッククリムジンが乗り付けられた。運転席から白い手袋をしたドライバーが降りると、後部席に回って恭《うやうや》しくドアを開く。中から現れたのは、癖毛《くせげ》なのかパーマをかけているのかカリフラワーみたいなもこもこした髪を真っ赤に染めた、赤いドレスを着た小太りの年配女性だった。ルカにも彼女が誰だかすぐに分かった。灘田那似代だ！　ネットの画像とまったく一緒である。

スタッフらが並んでいっせいにお辞儀をし、彼女を出迎える。その前にルカは飛び出した。

「灘田先生！」

「なによ？」

彼女がぎろりとルカを睨《にら》みつけた。

スタッフには不審者と映ったのだろう、すぐに辰沼と自分は取り囲まれてしまった。

すると大柄な辰沼が頭の上にトルソーを捧《ささ》げ持ち、「これを見てください！」と那似代に示すという手段に出た。

「あんたたちマネキン屋なの？」

と那似代が訊いてくる。

「鋳物屋です」

ルカは応えた。

3

「話を聞くとは言ったけど、時間はそんなに取れないんだからね」

と那似代に釘を刺される。出演者のための楽屋のような部屋だった。壁にぐるりと鏡がはめ込まれている。その前に丸椅子が置かれていた。そこかしこに段ボール箱が積まれている。那似代と向かい合って、辰沼とルカは部屋の真ん中に置かれた応接ソファに座っていた。室内にいるのは自分たちだけだ。

「で、なんで鋳物屋のあんたたちが、マネキンを売り歩いてるわけ？　鋳物屋っていったら、フライパンなんかをつくるのが専門だろうに。戦後の闇市《やみいち》でよく耳にしたものさ〝一生モンのフライパンだよ！　元は兵隊さんの鉄兜《てつかぶと》だ！〟ってね」

そういえば、ユウジイも闇市の仕事をしてたことがあるっておばあちゃんから聞いたっけ。ともかく那似代は、自分らが鋳物屋であることに興味を示して話を聞いてくれるつもりになったのだ。ルカは、経緯をざっと話した。

「それで、トルソーに目をつけたわけか」

「いかがでしょう？」とルカは膝《ひざ》を進める。「発砲スチロール製ということで、軽く、運びやすく、価格も安くご提供できます」

那似代が鼻先でふんと笑った。

「トルソーなら各店舗の倉庫に売るほど余ってるよ」

それを聞いたルカは、ひと言も返せなくなった。

「だいたいね、今あるものを安くするって考え方じゃ儲《もう》からないね。商売の基本がなってない」

「そういうものでしょうか？」

思わず尋ねたら、那似世が厳《おごそ》かに頷く。

「ファストファッションっていったって、ナニヨプープーは安いから売れてるんじゃない。あたしのセンスが支持されてるわけだからね」

「なるほど」

ルカは納得してしまう。隣で辰沼も一心に聞き入っていた。

「なにより商売に大切なのは、なぜこれをやるのかっていう芯だよ」

「シン？」

那似代が再び頷く。

「あたしはね、戦災孤児だった。両親を空襲で失い。幼い妹と弟を連れて、上野駅の地下道で寝泊まりしてたんだ」

那似代は「なんとかこの子たちを食べさせないといけない」という思いで、昼間はふたりを連れて焼け跡の町をあちこち職を求めてさ迷い歩いたのだそうだ。

「だけど、子どもを雇ってくれるところなんてないさ。大人だって生きてゆくのがやっとなんだからね。それで、陽《ひ》が落ちるとまた上野駅に戻ってくる。三人ともお腹がぺこぺこさ。あたしは我慢できても、妹と弟が不憫《ふびん》で仕方なかった」

そこで彼女が遠い目をする。

「するとね、復員兵らしい男の人が、〝ほら〟って蒸《ふ》かし芋《いも》をくれてね。カーキ色の兵隊帽を太い眉毛の真上まで被《かぶ》っていたっけ。誰だって自分のことが最優先て時なのに。それが、人間なんだかぼろ切れなんだか分からないあたしらに……」

当時のことを思い出したのか、那似代は涙ぐんでいた。

「それで、世の中まだまだ捨てたもんじゃないって思い直した。とにかくここを出ようって、次の日には上野駅をあとにした。いつまでもここにいると、刈り込みに遭うだけだからね」

刈り込み——浮浪児のいっせい摘発だ。野良犬のように捕まって、劣悪な環境の施設に監禁される。

「国の連中は、あたしらを〝一匹、二匹〟って数えるのさ」

流れ着いたのは渋谷だった。駅近くの民家で、戦争未亡人らがお針子をしていた。どうやら、軍の隠し倉庫から盗んできた毛布や敷布《しきふ》を洋服に仕立てているらしい。那似代の生家は仕立屋で、幼い頃から手伝っていたから針仕事は手慣れたものだ。目つきの悪いアロハシャツの男がここを取り仕切っているようだ。那似代は、住み込みで働かせてもらいたいと男に必死で頼んだ。妹と弟も置いてもらうことについては、戦争未亡人らが加勢してくれた。みんな女手ひとつで子どもを育てているのだ。彼女らは子どもを連れて通ってくる人もいたし、住み込みの人もいた。代わり番こに子どもらの相手をしながら仕事をしていた。

最初は、那似代を雇うことに懐疑的だったアロハ男も、腕前を認めるようになった。半年ほど経《た》つと、男から那似代のことを聞いたらしいテキヤの親分がやってきた。小柄で、目のぎょろっとした、この親分が大元締めなのだ。子どものいない親分は、那似代たち三人を養子にしたいと申し出た。那似代を洋裁学校に通わせてくれるという。

「前なら、そんなうまい話、きっと信じなかったと思う。けどね、あの兵隊さんからお芋をもらってからは信じられるようになったんだ、世の中捨てたもんじゃないって、ね」

親分と養子縁組すると、ナンダナニヨというヘンな姓名《なまえ》になった。那似代が十八歳になると、親分は蒲田《かまた》に〝なんだや〟という洋裁店を出す。社長の親分が後ろ盾になり、店は那似代の自由にさせてくれた。妹も弟も一生懸命に店を手伝った。なんだやの近くに蒲田撮影所があって、それが縁で那似代は四百本にものぼる映画の衣装を手掛けることになった。一九五〇年代は日本映画の最盛期である。

——映画か、忙しくてしばらく観《み》てないな、とルカは思う。邦画が娯楽の最上位にあったのは、ユウジイやおばあちゃんの時代だ。

銀幕に登場する那似代の服は、女性の憧れの的だった。やがて銀座にブティック〝ナニヨ〟をオープン。のちのナニヨブランドにつながっていく。

ルカには、なぜか那似代が初対面ではないような気がして仕方なかった。もちろん、そんなはずはないのだけれど。

「灘田先生」

と言ったら、「ナニヨちゃん、と呼んで」と彼女が応じた。「妹も弟も、あたしを〝お姉ちゃん〟とは呼ばなかった。あたしらはお互いを、ちゃん付けで呼び合ってた。そう、上も下もない、あたしらきょうだいは紛れもなく同志だったんだ。もっとも、ふたりとも先にあの世に逝ってしまったけど」

「では……ナニヨちゃん」

　とルカは遠慮がちに呼びかける。

「なによ？」

「伺いたいのですが、ナニヨちゃんの大切にしている商売の芯とはなんですか？」

　那似代が深呼吸した。

「それはね、みんなにキレエなべべを着せたいっていう思いさ。あたしたちきょうだいは浮浪児だったって話したよね。あたしらだけじゃない、あの頃の日本人はみんなひどい恰好《かっこう》をしてた。食うや食わずで、飢えた目をし、ただ生きることに必死だった。だけどね、キレエなべべを着られたなら、ただ生きるが、豊かな気持ちで生きられるに変わるって考えたんだ。それが、あたしの仕事の芯だよ」

　豊かな気持ちで生きるための服――ルカは、那似代の言葉を心の中で繰り返す。

「オートクチュールのナニヨが倒産したあと、義父の灘田から〝おまえは、ひたすら前に向かって突っ走ってるだけで、いつもプープー言ってる。少し立ち止まれよ〟って笑いながら諭された。それを灘田は、死の床であたしに伝えてくれたんだ。灘田が亡くなってしばらくはおとなしくしてたけど、また走り出したくなった。やっぱり、あたしゃプープー言ってるのが合ってるのさ」

「それで、ナニヨプープーを始めたんですね」

彼女がにかりと笑い頷いた時だ、部屋のドアが激しくノックされた。

「なによ⁉」

開いたドアから若い男性スタッフが猛然と駆け込んでくる。

「ナニヨちゃん、大変です！　モデルが体調不良で、代役が必要に！」

那似代が眉根を寄せる。

「どのパートなの？」

「それが、オープニングの――」

そこで初めて那似代が慌てた顔になった。

「なんでこんなに差し迫ってなのよ⁉」

「本人がどうしても出たくて、周りに黙ってたみたいです」

「で、彼女、どうしてるの？」

「トイレに閉じこもってます」

「まさかコートを着たまま？」

「いいえ、コートはトイレの外です」

彼はなすすべなしといった感じだが、それを聞いた那似代は、「結構よ」と、すでに方策を見いだしたようだ。どこに見いだしたかというと、こちらに顔を向けていた。

ルカはヤな予感がした。

「あんた、ちょっと立ってみて」

「え、あたし？」

戸惑ってルカは自分の鼻先を指さす。

「あんた以外に、どこにあんたがいるのよ！　さっさと立つ！」

厳しい口調で命令され、慌てて立ち上がった。

「身長は幾つだい？」

と訊かれ、「一六八センチです」と気をつけの姿勢で応える。

それを聞いた那似代とスタッフが、しめた！　といった表情で顔を見合わせていた。

ルカのヤな予感は、ますます現実のものとなっていく。

「体幹がしっかりしてる感じね。なにかスポーツしてる？」

那似代が上から下までルカを睨《ね》め回しながらさらに訊いてきた。

「流し入れをしてます。あ、鋳型に、溶けた鉄を流し込む作業をしてます」

そう応えるのを聞いているのか、聞いていないのか分からない感じで、「顔のつくりもキレエだわ」と彼女が言う。「まあ、顔のほうはあまり関係ないんだけど、それでも悪いよかいいに越したこたぁないわね」とひとり納得していた。

「あの……」

と開きかけたルカの口を、那似代が制する。

「名前、なんていうのさ？」

「清澄です」

「下のほうだよ」

「ルカといいます」

「どういう字を書くんだい？」

「流れる花で流花、と」

「へー、いい名前だね。流れのままにってやつだ」

那似代がにかりと笑う。

「では、流れのままにちょいと協力してくださいな、鋳物屋のルカちゃん」

と今度は有無を言わせぬ調子で告げた。


官能的で刺激的な音楽が、会場のバイブスを上げるだけ上げていた。スタッフに背中を押され、白いロングコートを身に着けたルカはつんのめるように舞台袖から飛び出す。両手をポケットに突っ込んでいるから、バランスを崩して顔から転びそうになった。それをなんとか持ちこたえる。進路を直角に曲がると、観客席に挟まれるように細長いランウェイが延びているのが目に映った。ナニヨプープーのような中産階級に向け大量生産で供給される新作発表会の場合、客席を占めているのは卸売りや小売り業者がほとんどらしい。モデルウォーキングなど意識しないでいいと言われている。もっとも意識しろと言われても、自分にはできっこない。忘れてはいけないのは、コートのポケットから手を出さないこと。それと、ランウェイの中央で必ず立ち止まるということだった。

数秒のことがひどく長く感じられる。正面の客席の向こうで、辰沼が立っているのが見渡せた。いまだにトルソーを小脇に抱えている。売り込みに失敗したトルソーを。それがルカの気持ちをみじめにさせた。営業に来て、なにやってるんだろう？　あたしたち……。

指示されたとおりランウェイの真ん中で立ち止まる。辰沼の背後の壁が鏡になっていて、エレガントとはほど遠い仁王立《におうだ》ちする自分の姿が映っていた。音楽がさらにヒートアップすると、場内が漆黒の闇に包まれ、ルカの姿も掻き消される。脳内は混乱の極にあった。次の瞬間、鋭い光線が自分を射抜く。

「おお！」と会場がどよめいた。

自分の身体に自由の女神が重なった。二階建てのロンドンバスがお腹の上を走り抜け、胸の上に寝そべるスフィンクスの向こうに夕陽が沈む。イグアスの滝が首の下から腿《もも》に向けて水煙を上げながら怒濤《どとう》のように流れ落ちる。北斎《ほくさい》が描くような波の上にサーファーが立ち上がった。世界の風景が次々と照射されていく。プロジェクションマッピングだ。白いコートは平面のスクリーンとは異なる。映像を立体物に張り合わせる《マッピングする》のだ。当然、映像素材は映し出す立体を意識してつくられている。だから、予定していたモデルが出られなくなったと聞いた那似代たちは焦っていたのだ。そこに身体つきの似たルカが居合わせた。

　白いコートの上に、万華鏡のような暗い花の森、清流の中を泳ぐ魚の群れ、まるで音を立てるように咲く淡紅色《たんこうしょく》の蓮《はす》、伝説の鳥たちを引き連れて乱舞する龍がマッピングされる。続いてナニヨプープーの新作ラインアップだ。ブラウスとスカート、シャツとパンツ、セーターとジーンズ、さまざまな秋冬コーデのあと、ルカはオールヌードになった。薄闇の中で、辰沼があんぐり口を開けているのが分かる。今度はコートだ。ブラウン、グレー、カーキ、黒、真紅と目まぐるしくカラーが変わっていく。最後にルカの身に着けている白になり、そこに〔NANIYO - POOPOO〕という赤いロゴが映し出されると万雷の拍手が巻き起こる。ルカは放心状態の中で、次なる一手を見つけ出していた。

4

発泡スチロールでコートの模型をつくり、そこにプロジェクションマッピングしては？　と提案すると、那似代はそれに乗ってくれた。「模型なら下痢《げり》にならないわね」と言って。彼女にしてみれば、ルカに借りを返す意味合いが含まれていたかもしれない。なんであれ、ナニヨプープーの旗艦店《フラッグシップストア》で展示する百二十体の一挙受注は、新規事業部として大きな成果だった。模型製作に当たって、ルカは加奈子にスリーサイズを計測された。「コートなのに必要あるかな？」と抵抗したら、「常務のプロポーションが基準値なんだから、そこはきちんとしないとね」と本気とも冗談ともつかない感じで笑っていた。

ルカがナニヨプープーを営業先に選んだのは、ここを制覇すればほかのファッションブランドも追随《ついずい》するはずと考えたからだ。ところが、思ってもみなかった方向に波及する。

ターミナルビルにあるナニヨプープー吉祥寺《きちじょうじ》店にコートの模型を納品した。足を運べる範囲は、なるべく自分たちで納品するようにしている。そこに、どんなビジネスチャンスがあるか分からないからだ。自分たちの周りにはチャンスはいくらでもある。でも、そのチャンスを見ようとしないだけだ。見えたとしても、チャンスをつかもうとする努力をしないからつかめない。待っているだけではチャンスは手に入らないのだ。時には、ストライクゾーンから外れたボールゾーンも積極的に狙っていっていい。

ショーケースで始まったプロジェクションマッピングのテストを辰沼と確認していると、ルカのスマホが震えた。

「なあにチーちゃん？」

辰沼と自分が席を外している時、電話は生産管理センター一階の事務所に転送される。

「トロリーリゾートさまからお問い合わせがありました」

チヒロの言葉の意味するところが、ルカにはすぐに呑《の》み込めなかった。

「えっと、それって、千葉にある東京トロリーランドのこと？」

「はい。東京トロリーランドを運営する株式会社トロリーリゾートさまです」

通話を終えたルカを、「何事？」といった顔で辰沼が見る。

「タッちゃん、来たみたい」


初夏の青空のもと、辰沼が運転する社用セダンは首都高湾岸線を降り、広大な東京トロリーランドの脇を抜けていく。高い塀の向こうに、巨大なアトラクションが覗《のぞ》くのを助手席にいるルカは車窓から仰ぎ見ていた。

トロリーリゾートは、東京トロリーランドに隣接する地味なオフィスビルだった。ただし、都心と違って広い駐車場を擁している。車での来社が多いのかもしれない。

自分たちもそうなのだけれど。構内にヤシの木があるのが、わずかにエンタメしてるとルカは感じた。セキュリティゲートを抜ける際に守衛に指示された場所に車を停め、ふたりはビルのエントランスホールに入っていった。

受付の女性に約束があることを伝えると、内線で相手に確認したのちに応接室に案内される。

しばらくして、「どーも、ども」トロリーランドのイメージとはそぐわない、やぼったい背広姿の頭髪が乏しくなった年配男性が入ってきた。東京トロリーランドのショップのカラフルなビニール袋を提げている。

「遊具部の相談役で、下平《しもひら》です」

ずんぐりした指で名刺を差し出す。

「ご承知かと思いますが、トロリーリゾートは、東京トロリーランドの実務面の運営を行っとります。大きく不動産部門とアトラクションなどの遊具部門に分かれます。わたしゃ遊具部門に所属しとります。今年七十歳になりますが、わたしゃこの道ひと筋で、トロリーリゾートにお世話になる前は、遊園地やデパートの屋上遊園の遊具の買い入れやメンテナンスを行ってきました。だから、遊具については誰よりも分かってます。しかし、そうした遊園地は年々姿を消し、トロリーランドのような大掛かりなアトラクションを備えたテーマパークばかりになってしまった」そこで彼が気がついたように軽く咳《しわぶ》きする。「いや失礼、本題に入らんといかんですな。清澄鋳造さんにつくっていただきたいのは、これです」

彼がテーブルに置いていたトロリーランドの袋から、棒を一本取り出した。

「ステッキ、ですか？」

「いかにもです」下平が頷く。「パレード用のステッキなんです」

東京トロリーランドでは毎晩、音楽と光に彩られたトロリーキャラクターのレギュラーパレード――トロリカルパレードが開催される。

「これは、そのトロリカルパレードで使われるステッキで、プラスチック製です」

先端に金色の王冠の付いたピンク色のステッキだった。

「これ一本でも持って踊り続けていると、どんどん重くなるんです。わたしゃ、経験上よく分かる。実はこれでも、東京五輪の聖火ランナーだったたんですよ」

思わぬ話の展開に、「それは、昭和の東京オリンピックということですよね？」とルカは訊いていた。

「ええ。一九六四年の東京オリンピックです」

ギリシャを特別機シティ・オブ・トウキョウ号で出発した聖火は、アジア諸国を巡ってアメリカ統治下の沖縄に到着。そこで四コースに分かれ、全国都道府県を走った。リレー走者は十万人を超えたという。そのうちのひとりが山梨県の高校生だった下平少年である。陸上部に所属していたことから白羽の矢が立ったのだ。

「白羽の矢なんていっても、聖火リレーの当日は県の陸上大会があったんです。で、一年生で補欠だったわたしゃ県大会に出られず、こっちに回されたと腐ってました」

当日、山梨は雨。しとしと降る秋雨で、中継所で待っている間が寒かった。日の丸の付いたランニングシャツの上にセーターを被って待ちながら、「聖火、消えやしないかなあ」とぼそっと言った。すると、「なに言ってんだ、おまえは！　聖火は水の中に突っ込んでも消えないんだよ！　縁起の悪いこと言うな！」と体育協会の幹部に叱られた。

いよいよ聖火を手に走り出した。沿道は人、人、人で、声を限りに応援してくれている。なんだか熱いものが込み上げてきた。ギリシャからつながれてきた聖火に、まだ見ぬ世界の広さを感じた。走る距離は一キロ余りである。足に力が入るが、聖火ランナーのペースはかなり遅い。二〇メートル先を白バイが先導し、それから目を離さず真っ直ぐ前を向き背筋を伸ばして、肘《ひじ》を九〇度に曲げて……と、この姿勢を貫くのがなんともきつい。手にしたトーチがどんどん重くなっていく。しかし衆人環視の中、腕を下げることは許されなかった。もはや拷問《ごうもん》である。

「トーチはステンレス製で長さが六三センチ、重さ一・二キロ。当時の技術では、それが最先端だったんでしょうがねえ。想像以上に重くて、肘が下がるのを懸命にこらえました」下平はしみじみと感慨を込めて言う。そこでまた軽く咳払《せきばら》いし、「いけね、また話が脱線しました」と頭を掻いていた。

ルカはくすりと笑う。隣の辰沼にも笑みがこぼれていた。

「そうそ、重いのはステッキでした。実はトロリカルパレードのキャストが〝なんとかなりませんかね、相談役〟って言ってきましてねえ。こういうことは、誰よりもわたしゃ一番分かってる。みんなもそれを知ってるから、頼ってくる。実際、わたしゃ、なんとかしようと動くしねえ、こうやって」

辰沼もルカもうんうんと頷く。

「どんな方法があるかって、休日にもあれこれ考えながら中学生の孫娘の買い物に付き合って歩いてた」そこで、下平が照れ笑いを浮かべる。「付き合って、なんて言っても、向こうは、こっちの懐《ふところ》を当てにしてるだけなんだけど」

そうこぼしながら破顔する。しかし、そんな彼が表情を引き締めた。

「そしたら、地元の専門店街で見たんですよ――」

「ナニヨプープーのプロジェクションマッピングですね？」

と辰沼が身を乗り出す。

「ええ、あのコートの像がショーケースに置かれているのを見たんです。発泡スチロールをあんなふうに使えるなんてね。で、思いついた。うちのステッキもつくってもらえないかと。それで洋服屋さんの本社に問い合わせて、お宅のことを聞いたんです」下平がこちらを見る。「どうでしょう、できますか？」

「もちろんできます」

ルカは応えた。

第七章

聖火台

1

「タッちゃん、どうだった？」

「すごいのが見つかりましたよ」

帰社した辰沼が勇んで報告する。

ナニヨプープーのコートは、ショーケースに展示しておけばよかった。しかし、トロリカルパレードのステッキは、これを手にしての激しいアクションがある。柔らかい、軽い、運びやすい発泡スチロールは、それが弱点になることもある。折れたり、削れたり、強く握れば指の跡も付きかねない。かといって金属で包んでしまうのでは、発泡スチロールモデルを展開する意味がない。あくまで、発泡スチロールを前面に出したかった。

そこでふたりで話し合った結果が、強度を保つため塗料でコーティングしてはということだった。ただし、そんな塗料があればの話だが……。

鋳物《いもの》の仕上げ加工で、塗料を塗布する場合がある。その際は協力会社に外注する。辰沼がその協力会社にリサーチしたところ、ある耐衝撃《たいしょうげき》塗料の噂《うわさ》を聞いた。

「アメリカの国防総省《ペンタゴン》が、業者と共同で軍事用に開発した塗料らしいんですよ。もとはシェルターの内壁に塗って、爆撃された際コンクリートの飛散を防ぐために考案されたとか。ところがこの塗料、想像以上の進化を遂げた。なにしろ、これを塗ったスイカを、高さ四五メートルの鉄塔の上から落としても割れなかったって。それどころか、爆破実験で普通のブロック塀は崩壊したけど、塗布したブロック塀は壊れなかったと」

そう言う辰沼の顔を、思わず、「ホント？」と疑わしい目で見てしまう。

「マジです」辰沼が確信を持った表情で応《こた》える。「厚さ三センチの発砲スチロールの板に膜厚一ミリで塗ったものを、ハンマーで叩《たた》きましたがへこみさえしませんでした」

「――って、実際に見てきたの？」

彼が頷《うなず》いた。

「この塗料を輸入しているのは、渋谷にある熊山商会って小さい商社なんです。会長の熊山氏自らがハンマーを手にして実演してくれました。とはいえ、この熊山会長、大柄で恰幅《かっぷく》のいい方なんですが、御年《おんとし》九十三歳」

生きていれば勇三も同じ齢《とし》になっているはずだ、とルカは思い至る。

「念のため、俺も自分で試してみることにしました。ハンマーを借りて、思い切りぶっ叩いてみた。ところが、傷ひとつ付きません」

ルカは感嘆のため息をもらす。さらに辰沼が続けた。

「〝戦後の闇市《やみいち》時代から、アメリカさんの軍隊とは太いパイプがある〟って、熊山会長が言ってました」

また闇市かとルカは考えながら、「だから、そんな特殊な塗料を扱うことができたんだ」そうひとり言のように呟《つぶや》く。

辰沼が再び頷いた。

「熊山商会としては、大々的に宣伝して売りさばこうってつもりはないみたいですね。

そんなことしなくても、やはりコネのある防衛省にはたっぷりと買い付けてもらってるみたいです」

「差し詰め〝昭和の怪人〟ってとこね、その熊山会長は」

それがルカの感想だった。すると、辰沼が補足する。

「熊山会長は代表権のある会長です。息子さんが社長を務めていますが、会社の実権はいまだに熊山会長が握っています。ですから、いまだに〝現役の怪人〟です」

那似代といい、この熊山といい、元気な年配者が活躍しているのを実感する。トロリーリゾートの下平だってそうだ。自分も負けてはいられない。

「ねえタッちゃん、この件がひと段落したら、挑戦したいことがあるんだ」

自分たちの周りには、チャンスはいくらでもある。そして、待っているだけでは、チャンスはつかめない。経営者の仕事は、外からチャンスを持ってきて、事業にすることなのだ。辰沼には〝この件がひと段落したら〟と伝えたが、とてもじっとしていられなかった。なぜなら、すでに決定している事項かもしれないのだから。

だが、辰沼の耳に入れるのはまだ早い。せめて、挑戦権を得てからだ。それで、彼がステッキの件で生産管理センターに行っている間に受話器を取った。電話をかけた先は――。

「こちら東京オリンピック・パラリンピック競技大会組織委員会でございます」

「聖火リレーで使用するトーチについてご提案があるのですが」

2

二〇二〇年の東京オリンピックと東京パラリンピックの準備、運営を監督する公益財団法人東京オリンピック・パラリンピック競技大会組織委員会（The Tokyo Organising Committee of the Olympic and Paralympic Games＝略称ＴＯＣＯＧ）のオフィスは、虎ノ門ヒルズの六階にあった。

「トーチ選定審査会の友部《ともべ》と申します」

オフィスの隅にあるブースで面会した友部は、四十代で髪をかっちりと七三分けにした、黒縁眼鏡の男性だった。ネクタイなしのクールビズのスーツ姿である。

「聖火リレーのトーチについてご提案いただけるとか？」

「はい」とルカは応える。「清澄鋳造では、どこよりも軽いトーチをご用意することができます」

下平から聞いた話で思い立ったことだ。ところが、そう口にした途端、友部が疑わしそうな表情をする。

「鋳物《いもの》で、そんなに軽いトーチがつくれるのですか？」

「いいえ」

ルカは、発泡スチロールを素材につくること。さらに、実績を説明した。

「ほほう、東京トロリーランドのパレードで使うスティックを製作中なのですか。それに、私も見たことがありますよ、ナニヨプープーのショーウインドーでプロジェクションマッピングを。あれは実に斬新だ」

友部が興味を持ったようだ。さすが、トロリーランドとナニヨプープーのネームバリューは絶大である。もっとも、会った誰もが褒めそやすプロジェクションマッピングはナニヨプープーが企画したものだ。清澄鋳造《ちゅうぞう》が担当したのは、あくまでスクリーンとなるコートの模型製作だけ。しかし、ここは虎《とら》の威《い》を借りておくことにする。

「いいでしょう」と友部が言う。「清澄鋳造さんにも、トーチ選定審査会に試作品を出品していただきます」

ルカは、思わず勢いよくお辞儀した。

「ありがとうございます！」

「待ってください」と友部が右手を前に突き出す。「あくまで、審査会に出品していただくと申し上げたまでで、採用すると言ったわけではありません。その点、誤解なきよう」

「もちろんです」

それを聞いた友部がしっかりと頷いた。

「エンブレムや入賞メダルなどと同様、広くご提案は伺います。が、試作品をご提出いただかなければなりませんので、どなたでも参加できるものではありません」

「そうでしょうね。開発費用も発生しますし、燃焼機構や燃料ボンベを扱う会社との連携も必要になります」

ルカの言葉に、彼の目が再び興味深げになる。

「ところで発泡スチロールのトーチとおっしゃいましたが、耐熱についてはクリアしているので？」

実はなにも手段を見つけていなかった。辰沼が見つけてきた塗料は、耐衝撃には効果があっても、耐熱効果はない。しかしルカは、「問題ございません」しらっとそう応えていた。

「では、九月末日までに出品してください」

今日は八月三日――。

「そうなると、二ヵ月もありません」

「来年、二〇一九年の三月に大々的に発表します。十月からの約半年間で、二回の審査会を行ってトーチを決定し、すぐに量産に入らなければならないのです。五年前にオリンピックが東京に決定した時点で、すべての開催準備はもう巻きが入っていたのですよ」

トロリカルパレードで使うステッキの試作品を下平に届けた。発泡スチロールだけでは軽すぎて扱いにくいので、芯金《しんがね》を入れて重さを調整していた。東京トロリーランドが扱うキャラクターの著作権は、すべて米国ロサンゼルスのトロリー・ワールド・カンパニーが管理している。「トロリーリゾートは実務面の運営のみを行っているだけなんですよ」と下平が言っていた。ステッキ一本であっても、色味などはオリジナルといっさい変えてはいけない。素材を発泡スチロール製にしただけで、外見上はまったく同じものが出来上がった。

本部の認可が下りると、いよいよパレード本番で使用するための本数と予備分の発注があった。これに加えて、東京トロリーランド内のショップで販売する分が大量発注された。トロリカルパレードで実際に使われているものとして人気を集めるだろうとの予測からだった。

その後、東京オリンピックの聖火トーチ製作に本格的に乗り出す。トーチのコンペに挑戦することは、皆に伝えていた。注湯所《ちゅうとうじょ》で朝礼の際に発表すると、歓声が上がった。他方、そんな無謀なという反応もあった。新規事業については、生産管理センターと模型製作部は直接関係しているものの、蚊帳《かや》の外といった形になってしまった造型部の視線は冷ややかだった。

トーチのデザインは、生産管理センターの加奈子も交えて進めていた。だが、肝心の耐熱対応についてはまったく進んでいない。

そうした中、大村から電話があった。

「ナニヨプープーに続いてトロリーランドとは恐れ入ったな」

「この方向でいいんだろうかって、迷いっぱなしなんですけど」

「いやいや、ルカさんの場合、いつも行動することで道を見つけていくわけだから」

いつものように心があるんだかないんだか分からない調子で、彼がそう励ます。

「ルカさんだけじゃない、いろんな会社がさまざまな行動を起こす中で、意外な発明をしてる。この間、うちに来た空調屋さんが、面白い実験映像を見せてくれましたよ。空調の取り付けやメンテナンスを行う会社でね、とはいってもうちの生産現場のような、家庭用の百倍の能力を持つエアコンが専門」

ルカは半ば無関心に受話器の向こうの声に相槌《あいづち》を打っていた。

「で、その実験映像なんだけど、バーナーの火で焙《あぶ》ったステンレス板の上に、あるものが載せられるんです。なんだと思います？」

次の瞬間、ルカは目を大きく見開いていた。

「氷ですよ、氷。でも、焼けたステンレス板の上に置いたその氷が溶けないんだ。面白いからYouTubeにアップしたらって言ったんだけど……って、ねえ、ルカさん聞いてます？」

3

実際に目にした光景に驚愕《きょうがく》してしまった。ガスバーナーの火で焙られているステンレス板。バーナーの温度表示はぐんぐん上がって三五〇度を示していた。薄いブルーの作業服の男性は、バーナーの火を止める。そして、高温に焼けた鉄板の上に氷が載せられた。しかし、氷は溶けることなく、そのままの形で板上にあるのだった。

「こちらも見てください」

男性がルカに言って、もう一枚のステンレス板を火で焙り始める。バーナーの温度表示が三五〇度になるとやはり火を止めた。

「まあ、今のこの状態で、ステンレスの表面の温度は三〇〇度はあるでしょう」

彼がそこにアイスキューブを置く。しかし、それは音を立てて沸騰し、一瞬にして消滅した。

「このマジック、いえ、事実の仕掛けはなんですか？」

ルカは大村の電話のあとすぐに新幹線に乗り、静岡までやってきていた。居ても立ってもいられず、大村から聞いた比留間《ひるま》空調設備株式会社を訪ねたのだった。

「塗料ですよ」と作業服の五十代の男性が応えた。「ステンレス板に熱を遮断する特殊塗料を塗っているんです」

かまっていない感じの長めの髪が、研究者っぽい雰囲気を漂わせている。チェーンで首から老眼鏡をぶら下げていた。彼こそがこの空調設備会社の社長、比留間だった。

空調機器を扱う比留間にとって〝熱〟は日常的なテーマである。工場という現場に出向くことが多く、そこでは大量の熱が発生している。高熱になった配管は、現場で働く人たちにとって危険な存在だ。また、成形加工会社では、デリケートな金型は適切な温度管理が必須である。もちろん熱の問題は、コストや環境面にも影響してくる。

熱、熱……比留間は、熱に関するさまざまな問題を常に考えていた。そんな中、使用していた塗料の断熱性の弱さに気づき、自分のところでつくってみようと思い立つ。国の研究機関でも、セラミックバルーンには熱を遮断できる効果があることは証明されていた。この技術を基にして断熱塗料を開発するのだ。セラミックバルーンとは、大きさ五ミクロンのピンポン玉状のセラミックの粒である。これを水性塗料と混合させれば、できるはずだった。ただし、その比重が問題なのだ。

守秘義務堅持、小ロット生産可能な塗料工場を探し出すと、世界中からありとあらゆるセラミックを取り寄せ実験検証を行った。セラミックと塗料は、まさに油と水であった。軽いセラミックはふわふわと浮き上がり、水性塗料とくっきり分離してしまう。これをうまく混合させるのは、あくまで両者の割合であった。

水性塗料を克服すると、次に油性塗料に取りかかった。これは困難を極めた。揮発《きはつ》性《せい》の高い油性塗料に無機物のセラミックを混入すると、すぐさま凝固してしまうのだ。だが、水性と比べて乾きが早いことこそ油性塗料の特性である。生産ラインなど、いつまでも止めておけない箇所に塗られる用途が高い。水性塗料は下塗りが必要だが、油性は直接塗れる。

六〇〇度まで断熱対応可能な油性塗料が完成した。自動車、調理器具、家電、ペット関連、建材、精密機器など各メーカーと共同開発で、日々実証検証を続けている。

「冷温の断熱塗料も求められていますしね」

と言う比留間に、「高温と冷温の断熱は違うのですか?」と、ルカは訊《き》いてみる。

「担々麺《たんたんめん》と盛岡冷麺《もりおかれいめん》くらい違うんですよ」

彼からそんな応えが返ってきた。理解できないといった顔をしているルカに向けて、

「ほら、熱いものは熱いうちに、冷たいものは冷たく食べたほうがおいしいでしょう。その違いですよ」と言って笑う。

この人、冗談なんて口にするんだと思いつつ、「比留間社長、この断熱塗料、ぜひうちで使わせてください」ルカは申し出た。

かくて、清澄鋳造のトーチは完成した。長さ七三センチと六四年の東京オリンピックのトーチよりも一〇センチ長くしながら、重さは一キロに抑えている。全体を金色に塗装し、デザインは、螺旋状《らせんじょう》に巻き上がる炎をイメージしていた。ちょうど紙を筒状に丸めたような感じだ。

「どう？」

昼の間は新規事業部が事務所として使っている、NC機の並ぶ模型製作現場を加奈子が訪れた。

「軽いですよ」

満足げにトーチを捧げ持った辰沼が言う。背筋を伸ばし、肘《ひじ》を九〇度に曲げていた。するといと榎本が、「タツにしてみれば、そんなもの持っていないのも同じだろうよ」と笑う。

「発泡スチロール自体は、空気を持っているのと変わりません」とルカは言った。「総重量が一キロになったのは、燃焼機構とボンベ、それに燃料。あと、発泡スチロールに塗った断熱塗料と耐衝撃塗料、それに金色の塗装です。これらはどうしても必要な重量でした」

「乾く前の塗料は水分なわけだものね」

そう言う加奈子に向かってルカは頷く。

「トーチの長さを六四年の聖火トーチに比べて一〇センチも長くしました。この長さは、インパクトがあると思う。同時に、この長さが、トーチの軽さのアピールにつながるとも考えたんです。以前のものより一〇センチ長いのにもかかわらず、〇・二キロ軽いんだ、と」

「このデザイン、いいじゃないか」

榎本が感想を述べる。

「ふいごで空気を送り込んで、螺旋状に巻き上がる炎――鋳物屋の矜持《きょうじ》を込めてみました」

ルカは満面の笑みで応える。

「力強さを感じる意匠だよ」

榎本の言葉に対して、「ふん」と背後で小バカにしたように笑ったのは関だった。

「なにぬるいこと言ってんだよエノさん」今度はルカのほうを見る。「〝鋳物屋の矜持〟だと？　新規事業部っつーのはよ、鋳物を捨てて発泡スチロールの模型屋になるってことなのかい、え、常務殿よ？」

ルカは、「関ヤン」と声をかけたけれど、彼は連絡口を抜け注湯所へ足早に行ってしまった。

4

三ヵ月後の二〇一九年（平成三十）一月、一通のメールがルカのもとに届く。

株式会社清澄鋳造　常務取締役　清澄流花様

平素より、大変お世話になっております。公益財団法人東京オリンピック・パラリンピック競技大会組織委員会トーチ選定審査会の友部と申します。

この度はＴＯＫＹＯ２０２０オリンピック聖火リレーのトーチに関するご提案をいただきまして、誠にありがとうございました。

また、お返事が遅くなり大変申し訳ございません。

審査会で慎重に検討した結果、誠に残念ながら貴社の採用を見送らせていただくことになりました。

せっかくのご提案にお応えできず、大変申し訳ございません。

貴社の益々のご発展と社員の皆様のご多幸をお祈り申し上げます。

パソコンの画面を見つめ、ルカは愕然《がくぜん》としていた。

「どうしました、常務?」

向かいの席から辰沼が声をかけてくる。

「オリンピックのトーチね、ダメだった」

「そうですか」と沈んだ声で応えたあとで、強がるように彼が笑いかけてくる。「また、次がありま……」と口にして途中でやめた。もう次がないことに気づいたのだろう。

コンペの落選は辰沼を通じて社内に伝わったようで、その日はみんなが自分をそっとしておいてくれているようだった。トーチの開発にかかわっていた社員はほかにもいる。がっかりしているのは自分だけではないはずだ。もちろん辰沼だって……。

「常務、悪いが、NC機を動かす時間だ」

と榎本が言って寄越す。ルカは、力なく机に着いたままでいた。

「エノさん、ごめん」

ルカは謝った。それは、コンペの結果についてなのか、いつまでもいじいじとここにいて仕事の邪魔をしていることなのか……。自分でも判断がつかないままにゆらりと立ち上がる。

就業後の注湯所に行くと、電気炉の上にあるパイプ椅子に石戸谷がただひとり腰を下ろしていた。

「おまえらしいな、ルカ。ダメだった時には、顔に出して落ち込み、悔しがる」

そこが週二日出社してくる彼の指定席である。

「そんなのって、役員失格だよね」

自嘲《じちょう》したら、石戸谷が静かに首を振った。

「前にも言ったはずだ。裏表がないのが、おまえのいいところだと」

ルカも電気炉の鋼《はがね》の階段を上って、彼の隣に立った。

「親方の仇討《あだう》ちをしようと思ったか？」

と言う石戸谷に、「なんの仇討ち？」と訊き返した。

「東京オリンピックの、さ」

勇三は国立競技場の聖火台をつくることに挑んだ。だが、敗れた。自分は聖火トーチで、祖父の思いをかなえようとしていたのかもしれない。

「生意気な考えだったかな？」

と呟《つぶや》く。

「そんなことはないさ」

＊　＊　＊

一九五八年（昭和三十三）、前年に誠と仙吉を亡くした勇三夫婦は、喪中の正月を過ごした。新年の仕事始めというその日、勇三のもとに区役所からひとつの報がもたらされたのである。

「五月にアジア競技大会が開催される。その聖火台をつくってみないかね？」

「なんだ、アジアなんとかっていうのは？　なんだよ、その聖火台って？」

勇三は訪ねてきた役所の職員に訊き返した。もう定年間近といった年齢の男だった。

「アジア競技大会というのは、アジアの国々における総合競技大会だよ。略称はアジア大会。アジア版オリンピックともいわれる重要な催しなんだ。その第三回大会が東京で開催されることになったんだ」

でっかい運動会みたいなものか。その程度の理解しか勇三にはない。ちょびひげの職員がなおも続けた。

「現在、東京都は六年後のオリンピックの招致活動を行っている。このアジア大会は、オリンピック委員会に招致を訴える重要な場なのだ。それだけではない、この大会は東京オリンピックの前哨戦《ぜんしょうせん》として機能している部分がある。いわば、日本側関係者にとって、東京オリンピックの壮大な予行演習を行う機会でもあるわけだ」

「あのさ」と勇三は口を開く。「予行演習っていうけど、まだ決まってないんだろ、東京でオリンピックをやることは。それなのに、なんで前哨戦だの、予行演習だのってことになるんだ？」

「決まってからでは、すべては遅い！」職員がぴしゃりと言う。「東京オリンピックを前提として、アジア大会ではある試みを行う。それが聖火リレーだ」

そもそもそれまでのアジア大会では、聖火リレーは行われていなかったそうだ。ところが、第三回の東京大会で初めて行われることになったのだ。

「発足したトーチ・リレー委員会によると、聖火リレーの目的は〝アジア諸国を連ねる親善の実を挙げるため〟がその第一。もうひとつの目的としては〝国内に広く、オリンピック理想を普及徹底させ、スポーツの振興を図る〟こと。そして、この聖火リレーは〝オリンピック競技大会で行われている形式とほぼ同じ方法〟で実施する。どうだね、これはもう明らかに東京オリンピックに踏襲されるように意図されているんだよ」

聖火の採火は、ギリシャのオリンピアならぬ前回のアジア大会が開催されたフィリピンのマニラで行われる。その後、聖火は空路で米軍占領下の沖縄へ。そこから鹿児島に渡って、東京までリレーでつないでいく。

「清澄社長、あんたに伝えにきたのは、その聖火を点灯する聖火台をつくってほしいという依頼なんだ」

へえ、妙な依頼が舞い込みやがったぜ、と勇三は思う。

「納期はいつなんだい？」

「ならば、やってくれるのだね」

勇三は薄く笑う。

「いや、そうじゃなくてさ、まずは納期が合うかどうかだろ。こっちにも都合ってものがある」

「もっともな話だ」とちょびひげ職員が頷く。「納期三ヵ月、予算二十万円だ」

「三ヵ月とは、ずいぶん急《せ》かせるんだな」

ちょびひげがまた頷いた。

「その予算に、名だたる鋳造業者が尻込みしてしまってな。とうとう開催直前になってしまったというわけだ。それで、区役所の我々のところにもお鉢が回ってきて、やってくれる鋳物屋を探すはめになった」

どこも怖気《おじけ》づいた仕事ってわけか――勇三の心が勇み立った。いや、勇み立たせようとした。不幸が続いて、自分は意気消沈している。気持ちの張りを取り戻すきっかけが欲しかった。

「で、その聖火台っていうのは、どんなものなんだい？」

「そうさな、まあ、大きな五右衛門風呂みたいなものだ。寸法は、高さ二・一メートル。最大直径が二・一メートルだ」

勇三は目を見張った。

「そんなバカでかいもの、木型をつくるだけで予算が吹っ飛んじまう」

すると、職員は急に高飛車に出る。

「あんた、日本でオリンピックをやろうって意味が分かるか？　敗戦からこうして立派に立ち直ったところを、世界に見せるんだぞ！　日本でオリンピックをやるっていうのは、アジアで初めてなんだぞ！　オリンピックっていったら、世界の祭典だ！　檜舞台《ひのきぶたい》だ！　いいか、もう一度言う。檜舞台、しかも世界のだ。それにつながる仕事ができるんだ、名誉に思え！」

そう言われて、むかっと来た。なにが名誉だ！

「やってやる！」

勇三は言い放った。

「そうかね！」

職員は年齢に見合わない溌剌《はつらつ》とした表情を見せたかと思うと、すぐにまた言葉を淀《よど》ませる。

「だが、競合業者があった場合、優れたもののほうを聖火台として採用するが、それでもいいか？」

「ああ、いいよ」

なにより勇三は自分を奮い立たせたかった。

＊　＊　＊

「聖火台の予算二十万円は、今の三百万円相当だ。儲《もう》けの出ない仕事だよ。それでも、親方は引き受けた」と、パイプ椅子に座った石戸谷が言う。「その真意を語ることはなかったが、親方の気持ちは社員みんなが分かってた」

「なんだったの？」

とルカは訊く。

「マコッちゃんと先代社長が亡くなって以来、親方も奥さんも沈んでいた。そりゃあ、俺たちに対しては変わらず接してくれていたさ。だが、無理してるのが分かった。こんなことがあったよ。親方が奥さんをなにげなく〝お母さん〟と呼んだんだ。すると、奥さんは気持ちが爆発したように、〝お願いだから、そう呼ばないでって言ってるでしょう！〟って、半泣きで訴えたんだ」

ルカははっとする。そんなことがあったんだ。

「マコッちゃんがいた頃は、親方夫婦はお互いを〝お父さん〟〝お母さん〟と呼び合ってたからな。しかし、奥さんにしてみれば、〝お母さん〟と呼ばれることで悲しみが蘇《よみがえ》ってしまう。一方、親方にしてみれば、奥さんを〝お母さん〟と呼んでいた日々を捨てられずに生きていたのかもしれない」

ルカが知っている志乃は、勇三を〝ユウさん〟と呼んでいた。勇三は〝志乃〟と呼んだ。普通〝お父さん〟〝お母さん〟に、やがて〝おじいさん〟〝おばあさん〟のように呼び名が変わるのに、ずっと〝ユウさん〟〝志乃〟と呼び合うふたりについて、ルカは違う考えを持っていた。けれど、こんな悲しみがあったのだ。

石戸谷は小さく首を振ると、「そんなわけで、親方は、なにかしたかったんじゃないのかな、こう気力を盛り立てることがさ」と言った。

さっそく聖火台づくりに取りかかった勇三だが、この仕事は自分以外、前年に入社した石戸谷ひとりを助手に付けるに留めた。ただでさえ安い予算だ。多くの職人の手を煩《わずら》わせては、足が出るばかり。一方、その年十六歳になる石戸谷にとって、すべてが血となり肉となる経験だった。

「〝さあドヤ、とにかく頑丈なものをつくろうや〟って、親方の表情は明るかった。それを見て、親方にとってこの仕事を引き受けたことはよかったんだって思った」

木型ができるまでに一ヵ月を擁した。それを砂型に造型し、さあ、いよいよ湯を流し入れるぞという段階になった時には二ヵ月が過ぎていた。

「三月なのに、親方も俺もランニングシャツ一枚に作業ズボンという恰好《かっこう》だった」

勇三の背中で、左腕の脇から広がったケロイド状の傷が湯の色を受けて赤く染まり、生々しかった。これは戦いなのだ。石戸谷は、興奮のために身体が震えていた。

「だが、この湯入れに失敗する」

「え⁉」

勇三にしても、これほど大きいものをつくったことがない。熔湯《ようとう》を流し入れる圧力の計算を誤って爆発させてしまう。砂型から湯が噴き出し、脇に穴があいてしまった。

「穴があいた聖火台を納められんだろう。だが、残すところあと一ヵ月しかない」

「で、ユウジイはどうだったの？」

石戸谷がにやりとした。

「例の口癖《くちぐせ》を呟いてたよ」

思わずルカの顔に笑みが咲く。

「なんともなるさ、アイアイサー――だね」

石戸谷が頷いた。

「なあルカ、親方が言う〝なんともなるさ〟の意味を取り違えてはいかんぞ」

そう言われて、石戸谷の横顔を見つめる。彼が続けた。

「〝なんともなるさ〟は、〝なんとでもなるさ〟という投げやりなぼやきではないんだ。〝なんとでもしてみせるさ〟という意志の表れなんだ」

なんとでもしてみせる、か……。

「事実、親方は納期に間に合わせてみせた」

ルカは小さくため息をつく。

「でも、聖火台は採用されなかったんでしょ」

「ああ、ダメだった」

と石戸谷が言う。

「ユウジイもがっかりしていた？」

「聖火台の落選結果を知った時か？」

こくりと頷き返した。

「いや、がっかりはしていなかった」と石戸谷が言う。「だが、理解できなかったようだ」

「どういう意味？」

出来上がった聖火台を審査しに、アジア大会の式典委員会の委員らが清澄鋳造を訪ねた。そして数日後に電話があって、埼玉県川口市の鋳物師《いもじ》がつくった聖火台が採用されたことを伝えられた。

「すると親方は、俺にこんなふうに言ったんだ、〝美しいってなんだ？〟と」

ルカにはわけが分からない。きっとそんな顔をしていたのだろう、石戸谷がさらに話を続けた。

「〝俺のつくったものより、向こうのほうが美しいんだと。なあドヤ、美しいってなんだ？　おまえ分かるか？〟って。突然そんなことを言われて、俺のほうも面喰《めんくら》っちまってな。なにも言葉が浮かばなかったよ」

〝美しいってなんだ？〟――ユウジィには、本当にそれが分からなかったんだろうか？　いや、それなら自分には分かるのか？　美しいの意味が……。あたしは、湯の色を美しいと感じる。それとは、また別ってこと？

「俺が知っているのはそこまでだ」

石戸谷が言った。

＊　＊　＊

一九五九年（昭和三十四）五月。アジア大会が終了して一年後の国立霞ヶ丘陸上競技場に勇三は呼び出されていた。暗い通路を抜けて観覧席に出ると、広々とした競走用の走路が目に飛び込んでくる。

「いかがです、清澄さん？」

と訊かれるが、勇三は運動をしない。別世界の光景に、「はあ、まあ……」と応えるしかなかった。

自分を呼んだ中島《なかじま》というこの男は、アジア大会式典委員会の職員である。去年、聖火台の採用審査をする有識者委員らと一緒に、清澄鋳造を訪ねてきたそうだ。だいぶ生え際の後退した、福助《ふくすけ》みたいなおでこの広いその顔に見覚えはなかったが、かしこまったような声音《こわね》のほうは覚えている。不採用を告げられた、電話のあの声だからだ。

「ちょっとこちらによろしいですか？」そう中島が促す。「〝ちょっと〟とは言っても、階段を上るのがなかなか大変なのですが」と、ざっくばらんな感じに笑った。声の雰囲気のわりには、気取らない男なのかもしれない。

観覧席の間を切り開くようにつくられた階段だった。それは上に行くにしたがって広くなっている。その先には——勇三は、「お」っと声を出しそうになった。聖火台があったからだ。

ふたりで、えっちらおっちら階段を上っていく。終戦時、焼け跡の東京の人口は三百万人だった。それが今では一千万人にまで膨れ上がっている。平均年齢は二十九歳。それをとっくの昔に追い越し中年の域に差し掛かった勇三には、この階段が確かに

〝なかなか大変〟だった。中島は四十代前半だろうか。自分よりも齢上だ。もっときついはずだろう。ふたりで、ふーふー息を荒くしながら足を運ぶ。

「聖火ランナーっていうのは、ホントにここをひと思いに駆け上がったのかい？」

勇三は不平交じりに呟く。自分がつくった聖火台が採用されなかったアジア大会だ。けったくそ悪くて、ラジオも聴いていないし、新聞にも目を通していない。ただでさえ足が出ているのだ、不採用の聖火台は鋼材屋に売り払ってしまった。

「あなたに、ぜひご覧いただきたかったんですよ」

やっとのことで上り詰め、聖火台の横に立った中島は、黒光りする巨大な鋳鉄の胴体をぺしぺしと叩く。

「これは……」

聖火台を間近に見て、勇三は言葉を失っていた。

隣で中島が背広を脱ぎ、ワイシャツ姿になっていた。ネクタイを緩め、ハンケチで汗を拭っている。まさに初夏の陽気で、陽《ひ》を遮《さえぎ》るものがない。勇三も作業ズボンの尻ポケットからぶら下げていた手《て》拭《ぬぐ》いを引き抜いて、首筋を拭《ふ》く。しかし噴き出す自分の汗は、陽気のせいばかりとはいえなかった。聖火台に施された紋様に圧倒されていたのだ。聖火台は、横線と波模様とで彩られていた。自分のつくったものには、このような凝った細工はない。

「この模様ね、横線はアジア大会の参加国と地域の数、波模様は太平洋を表しているそうです」

勇三は聖火台をしげしげと眺め、指先で触れた。

「どうです、美しいでしょう?」と中島が言って、顔を仰向《あおむ》ける。「この空のようにね」

勇三も空を見上げた。だが、やはり〝美しい〟の意味がよく分からなかった。外苑の近くによく顔を出す三洋自動車の本社があって、新車宣伝のアドバルーンが上がっているのが見えた。

「木型を使わず、直接砂を固めて鋳型をつくる技法で鋳造したそうですよ」

中島がのんびりと言う。

「そんな鋳造法があるのか!」

勇三は衝撃を受けていた。

「この聖火台の技術が高いことは分かります。俺の完敗です」

すると彼が笑った。

「どうやら一年前に私が結果を報告する電話をした時と、あなたは変わっていないようだ」

「え?」

「あなたは電話口で、〝美しいってなんだ？〟とおっしゃられた。不思議なことを言うと、私はずっと興味を抱いていたんです」

酔狂な男だ、と勇三は思う。

「このほど五年後のオリンピックが東京で開催されることが正式に決まりました。それにともない」と言って、中島が右手を真横に突き出して指さす。「競技場は東側のあの観覧席を、三日月型に広げます。現在の収容人員五万八千人から、七万二千人以上を収容可能にする。東京オリンピックでは、今ある南側のこの聖火台をよして、拡張した東側スタンドの上の高い位置に設ける予定です。移設に当たっては新しい聖火台が必要になるので、ぜひまた清澄さんにも手を挙げていただきたい。私は、アジア大会に引き続き東京オリンピックの準備委員会に参加することになったので」

いや、たとえそんな機会があったとしても、自分は遠慮するつもりだ、と勇三は思う。こんな仕事をする相手とまた競っても、とてもではないが敵《かな》わない。それでも、

「その時には、もっとたっぷり予算をぶんどってきてください」とだけ返しておく。

「これは耳が痛い」

と苦笑していた中島だったが、真顔に戻るとこんなことを訊く。

「あなたは私よりも五つ以上お若いようだが、兵役には？」

「航空兵に志願しました」

「私は南方にやられました」

それ以上、中島はなにも言わなかったが、激戦地から命からがら帰ってきただろうことが推察できた。

「清澄さん」と中島がこちらに顔を振り向けた。「美しいという言葉は、戦後を生きる我々に必要ではないでしょうか。それを今日は伝えたくもあったんです」

彼は、いったい自分になにを言わんとしているのか？　ちんぷんかんぷんだった。

勇三の表情を窺《うかが》っていた中島が、「いや、よけいなことを言いました」と再び穏やかに笑った。

5

ルカは自社のトーチが落選した理由を聞くために、再びＴＯＣＯＧのオフィスを訪ねた。

「最初にお断りしておきますが、こうしてお目にかかることは非常に特別なことなのですよ」

友部が黒縁眼鏡の奥からじろりとこちらを見る。一月の今はネクタイありのスーツ姿である。

「この件に関して改めて検討する予定はありません。したがって、お目にかかる時間は取れないのです」

「それはあまりにも冷淡ではありませんか？」

ルカは嚙《か》みついた。すると、友部が頷く。

「ええ、そう。コンペに参加していただいた企業さまに対しあまりに冷淡だと考え、お会いすることにしたのです」

いいようにあしらわれているようで、ルカは地団駄《じだんだ》踏みたい気分だ。

「こちらをご覧ください」

会議室のテーブルの上にピンクがかった金色の筒状のものが載っていて、ルカは先ほどから気になって仕方がなかった。ちらちら眺めていたのだ。

「もしかしたら、これが……」

友部が頷く。

「正式決定したTOKYO2020オリンピック聖火リレーのトーチです。ご覧のように色はピンクと金色を合わせていて、〝桜ゴールド〟と製作者は名づけています。よろしければ、お手に取ってください」

「よろしいのですか？」と口にしながら、言葉とほぼ同時に両手でトーチを取り上げていた。

「この正式トーチ、二ヶ月後のお披露目までは極秘事項ですので、くれぐれも他言なきよう。あくまで特別にご覧いただいているので」

と、また特別を強調する。ルカは手にしたトーチをつぶさに観察していた。上から見ると桜の花の形をしている。自分たちがつくったものよりわずかに重く感じた。

「長さ七一センチ、重さ一・二キロです」

「では――」と言いかけたルカに向けて友部が頷く。

「清澄鋳造さんのトーチのほうが、長いし、軽い」

「それならなぜ？」

「なぜ重いほうを選んだかということでしたら、最初からそれは重要視していなかったからです。一キロも二キロも走ったランナーがいた六四年の聖火リレーと比べ、今回のひとりあたりの走行距離は約二〇〇メートル。むしろ、トーチの重さをずしりと感じるほうが気分が高揚するのでは、というわけです。重さは前回と一緒ですが、長さは八センチ長くなっています」

ルカは必死の表情で問いかける。

「こちらのトーチが選ばれたのは、やはりデザインでしょうか？」

「総合的な観点からですよ」

ルカは再び息をつく。今度は落胆からだった。しかし、なおも訊く。

「素材はアルミですか？」

「ええ」と友部が応え、「実は――」と伝えられた内容にこそ、ルカは真の敗北を感じた。

第八章　鋳物の物語

1

「え、なにこれ⁉」

思わずルカは声を出していた。

「なかなか思い切ったアイディアですよね」

と向かいの席でパソコンの画面を見つめている辰沼も、そう感想をもらす。

二〇一九年（平成三十）三月二十一日。三面記事に『聖火トーチ　桜ゴールド』という見出しで、昨日TOCOGのオフィスで行われたお披露目会見がカラー写真とともに掲載されたその朝。清澄鋳造《ちゅうぞう》新規事業部は、また新たなプロジェクトに挑もうとしていた。とはいえ、ふたりで企画を出し合うのでは限界がある。社内募集をかけていた。テーマは『楽しいこと&ワクワクすることがしたい！』だった。

自分がやってみたいことを率直に書いて提出してもらう。企画書なんて体裁にこだわらなくていい。数行でいいから文字にして、メールするように通達した。これはというものがあれば、発案者をプロジェクトリーダーにして事業化するからと。

新規事業部のメールアドレスに届いた社内メールはほんのわずかだった。発案者をプロジェクトリーダーにすると伝えたことで、逆に腰が引けてしまったのかもしれない。送られてきたものも、テーマから離れた、順当で生真面目《きまじめ》な内容がほとんどだった。そんな中、異彩を放つ企画があったのだ。新規事業部に到着したメールを順番に開封していた辰沼とルカは、同じ文面で目が留まった。差出人は意外な人物だった。

ふたりはすぐさま社用車で生産管理センターに向かった。社用車といっても自転車だ。来客を案内する時以外は、もっぱら自転車で葛飾と吾嬬町《あずまちょう》の間を往き来している。

一階事務所に、辰沼とルカは慌ただしく駆け込んだ。カウンターを挟んで、奥にいる満智子だけが正面を向いている。彼女が、「なに？」といった表情をしていた。

ルカは、「チーちゃん！」と声をかける。

満智子の右横にいるチヒロは、パソコンに視線を送っていたが、その顔をゆっくりとこちらに向けた。

「もしかして、メール読んでくださいました？」

髪をお団子にした彼女がおっとりと言った。


年号が令和になったその年の秋、秋葉原に一軒のカフェがオープンした。

「ＭＡＤＥ《メイド》カフェへようこそ！」

チヒロが両肘《りょうひじ》を身体の脇にぴったりと付け、広げた手を前に軽く突き出すようにして出迎える。その姿を見て、辰沼もルカも唖然《あぜん》としていた。チヒロは、黒いワンピースにフリルの付いた白いエプロンを組み合わせたメイド姿だった。ロングヘアを縦ロールにし、フリルの付いた白いカチューシャまでしていた。

「お団子じゃない」

とルカが言ったら、「あれはシニョンっていうんですよ、常務」と訂正される。

つくる《MADE》とメイドを掛けたネーミングである。オリジナルのオーダー鋳造を受け付けるカフェ形式の店舗を展開してみたいというのが、チヒロが出した企画だった。現在、清澄鋳造が行っているＢｔｏＢの取引を、ＢｔｏＣつまり一般消費者《コンシューマー》に向けて直接訴求するのが狙いだ。

しかし、まさか本当にメイドの衣装を着るとは思わなかった。

「二十四にもなってこのコスは、ちょっと図々しかったですかね？」

チヒロが舌を覗《のぞ》かせる。

「いいんじゃない」とルカは言う。「あたしも三十三でモデルデビューしたわけだし」

あれも去年のことだ。時の流れは速い。東京五輪までもう一年を切った。新国立競技場は急ピッチで建設が進められている。

企画案だけではない。社内でのゴーが出るとチヒロは店舗探しから飲食店を開業するための許可申請にまで奔走した。

場所は秋葉原と決め、雑居ビルの二階に十坪のスペースを借りた。秋葉原といえば今やオタク文化の発信地といったイメージだが、かつては電気製品販売店が集中するエレクトリックタウンであった。その原点となったのは、アマチュア無線やラジオ、パソコンなどコアな部品を取り扱う専門店が並ぶモノづくり文化である。鋳物カフェにはぴったりの立地だった。

ホールの床を洗い流せるように改装し、洗い場と調理用の二層のシンクのある調理場を設けるなどして保健所の許可が下りた。インテリアは鋳物屋《いものや》が経営するカフェだけに、鉄を意識している。カウンターはステンレス、テーブルも椅子もスチール製だ。

そして、カウンター五席、テーブル四席のMADEカフェはオープンの日を迎えたわけだ。

「アキバだけに、そっちのメイドだと思って入ってくるお客さまもいると思うんですよね。だから、がっかりさせないように」

とチヒロがにっこり笑う。カウンターの内側で、やはりメイド姿の女子大生アルバイトもシンクロしたように笑顔を見せた。ふたりのメイドとは対照的に、真鍮《しんちゅう》の五芒《ごぼう》星《せい》、アンティークな蛇口、シリンダーヘッド、ターボチャージャーといった清澄鋳造のごつい製品がオブジェとして展示されている。

身に着けている衣装がチヒロの趣味かどうかはともかく、彼女はきっちり店舗の経営計画書を提出していた。商業高校を卒業以来六年、チヒロは満智子に経営と経理をみっちり叩《たた》き込まれていた。

「あたし、もともと数字は強かったんですけど、接客も好きだったんですよね。高校時代はカフェでバイトもしてましたし」

そういえば、会社にかかってくる電話も積極的に受けていたことに思い至る。コスチュームだけでなく、彼女の別の一面を見る思いだった。

間もなく開店時刻の十一時だった。

「タッちゃん、あたしたちはそろそろ失礼しよっか」

邪魔になってはいけない。窓にオープンを知らせるアドを掲げているせいか、辰沼と一緒に店を出るのと入れ違いに男性客がやってきた。はたして目的はMADEか？メイドか？

「いらっしゃいませ！」という黄色い声が背後でした。ここはあくまで鋳物屋のアンテナショップである。出迎えのフレーズも「お帰りなさいませ、ご主人さま！」ではないのだ。

2

MADEカフェがオープンして数日経《た》つと、鋳物のオーダーが少しずつ入るようになった。自分がデザインしたブレザーの真鍮のボタンやベルトのバックルなど、世界にひとつのものを求める客の要望に応《こた》えたモノづくりが始まったのだ。海外に駐在している友人の還暦祝いに、若き日に通った大学構内にあるイチョウの葉をかたどった文鎮《ぶんちん》を贈りたいという同窓生のグループがいた。文鎮の裏にメッセージを入れるリクエストにも応えた。日本発祥のハンバーガーチェーンのフレンチフライポテトが大好きだという外国人のガールフレンドに、それをオブジェにしてプレゼントしたいという学生もいた。設計に際して、加奈子は幾つものLサイズポテトを平らげなければならなかった。時間が経つとポテトのカリッと感がなくなってしまい、そのたびに近所にある店舗に買いに走ったからだ。榎本は、久し振りに手作業の木型づくりに技の冴えを見せている。造型の関は、小物の注文が続くことに対して、「面倒くせえな」と言いながらも嬉《うれ》しそうだ。かつて「新規事業部っつーのはよ、鋳物を捨てて発泡スチロールの模型屋になるってことなのかい、え、常務殿よ?」と突っかかってきた彼の中には、やはり〝鋳物屋の矜持《きょうじ》〟があるのだ。

ＴＯＫＹＯ２０２０オリンピック聖火リレーの正式トーチは、東日本大震災における被災三県の仮設住宅のアルミサッシが再利用された。それを友部から伝えられた時、モノづくりには、メッセージや背景が必要だと思った。ただトーチをつくっていただけのルカは、真の敗北を痛感したのだ。正式トーチには、被災地の人々が苦しみを乗り越え、立ち上がろうとする姿が重なる。

チヒロが提案したＭＡＤＥカフェは、確かにユニークな企画だった。そしてなにより、コンシューマーのオーダーに応える中で、背景や物語のあるモノづくりができるのではないかと、ルカは考えたのだった。

ある日、ルカがＭＡＤＥカフェに顔を出すと、チヒロが赤錆《あかさ》びた鈴を見せた。

「先ほどご来店いただいた五十代の男性から、この鈴をつくってほしいとのご依頼がありました」

「なんの鈴かしら？」

「死んだ猫ちゃんの首輪に付いてた鈴だそうです」

チヒロがカウンターの上に写真を置く。銀色に近い真っ白なペルシャ猫だった。長く密集した毛並み、この種の特徴である鼻の低いその顔は、どことなく威厳が漂う。

「男性のお母さまの飼猫です。名前はチュチュ。二十年連れ添った雄猫だそうです。ペルシャは、毛が長くて自分でうまく毛づくろいできないんですって。だから、お母さまが毎日手入れをしてあげてたとか。あ、ちなみに人間のご主人のほうはご健在です」

その母親は、チュチュが亡くなって以来すっかり気落ちしてしまっているらしい。心配した長男の男性が、両親の住む鎌倉の実家を訪ねた際、濡《ぬ》れ縁《えん》の隅で雨ざらしになっていたこの鈴を偶然見つけたという。

「何年も前に、チュチュの首輪から外れて、なくなってしまっていた鈴だそうです。メッキが剝《は》がれ、錆びて音もしなくなっています」

ルカは写真の横に置かれた鈴を取り上げ、耳もとで振ってみる。錆びのせいで、からからという乾いた音がかすかにするだけだ。

「お母さまを慰めるために、せめてこの鈴と同じものをつくってほしいと」

チヒロに向けてルカは頷《うなず》いた。

「どうだいキレエな音がするだろう?」

関がそう言って、赤いリボンに吊《つ》るした金色の鈴を揺らすと、注湯所《ちゅうとうじょ》に澄んだ美しい音が響き渡った。

「黄銅《おうどう》で鋳造したんだよ。タツの野郎、シャレたことをしやがる」

関が辰沼のほうを見やった。

「真鍮の亜鉛の量を少なくしたんです。亜鉛が少ないと金色になるし、音もよくなるんで」

と辰沼が頭を掻《か》く。

「黄銅——ブラスだよな」と言ったのは榎本だ。「金管楽器の素材だ。音がいいわけだな。ブラスバンドっていうくらいだから」

ルカは彼らに向け、「みんなありがとう」と頭を下げる。そうなのだ、自分はここまで、時に彼らとぶつかり合いながらモノづくりを続けてきた。「ホントありがと」ともう一度言うと、鈴を持って注湯所を出た。これを、飼い主のもとに宅配便で届けるわけにはいかない。

クルマを走らせ、MADEカフェでチヒロをシルバーのセダンの助手席に乗せる。カフェのほうは、アルバイトを増員して任せた。

　国道134号線を湘南《しょうなん》の海に沿って走る。だが、鎌倉に向かっているのではなかった。その前に立ち寄るところがあったのだ。チュチュの鈴について、チヒロが男性客にひとつのオプションを提案していた。

　茅《ち》ケ崎《さき》の小さなショップに併設された駐車場に、ルカは社用車を停《と》めた。店の白いドアを開けると、中にいた六十代らしい男女が、チヒロのメイド姿に目を丸くしていた。

「チュチュの件でお願いした者です」

　チヒロが言うと、夫婦らしい彼らは打ち解けたような笑みを浮かべた。

　そこはウエットスーツの製造、卸、販売を行う会社だった。

「中小、というよりも零細企業。夫が手作業で一着一着手づくりするショップです」

　社長の久美《くみ》が言った。栗色《くりいろ》に染めた豊かな髪に優雅なウエーブがかかっている。

　夫の金久保《かなくぼ》は、自身もサーファーであり、クライアントからの要望を懇切丁寧に聞き出し、着心地などを確認しながらじっくりと仕上げる。それだけに採算を考えず、よいものを追求することを最上位に置く。

「金久保さんは、ご自身がつくるのに専念したいから、久美さんに経営面を任せたんですね？」

　勇三と志乃の立場に似ていると感じながらルカが訊《き》く。

「ええ、そのとおりです」

金久保は陽《ひ》に焼けた顔に笑みを浮かべた。晩秋といった季節だったが、作業しやすいのか半袖のTシャツに短パン姿である。小柄だが、年齢を感じさせないがっちりした体軀《たいく》をしていた。腕も脚もたくましい。長い茶髪の後ろ髪をひとつにまとめていた。

さらにルカが、「久美さんもサーフィンをなさるのですか?」と質問すると、まったくしないという応えが返ってきた。

「それだけに経営に集中でき、夫婦二人三脚で細く長い商売をしてきました」

ウエットスーツの受注は、秋口〜翌年のゴールデンウイークまでがピーク。夏は閑散期である。この時期をどう乗り越えるかが、久美にとって課題であった。金久保を講師に、茅ケ崎の海でサーフィンの体験教室を開講。夏にサーフィンの楽しみをまずは知ってもらい、涼しくなる頃、ウエットスーツの着心地をアドバイスしながら仕立てるなどの展開を行っていた。それだけでなく、なにかもっとほかにできることはないかと、久美は自社の持つ技術を洗い直した。

「ウエットスーツの生地は、保温性、クッション性、浮力、撥水性《はっすいせい》を持っています。この特徴を、なにかに活《い》かせないものかと考えたのです」

久美は防災ベストをつくることに思い至る。ウエットスーツの生地の特徴を充分に活かすことができる製品だった。そしてもうひとつ、金久保ならではの技術を発揮することもできる。ゴムの両面にジャージを貼ったこの生地は、伸び縮みするためアイロンプリントが劣化したり、ひび割れたりする。しかし金久保は、熱をかけてインクを塗布する独自のプリント技術でウエットスーツを染めることに成功していた。防災ベストにも、〔救護班〕などの部署名や自治体名を印刷することを可能にしたのだ。防災ベストのほかにも、釣り上げた魚の写真データを生地にプリントした魚拓《ぎょたく》代わりのクッションなど、ユニークなオンリーワンアイテムをつくる注文に応えるようになった。

ここにも物語のあるモノづくりをする人たちがいた、とルカは思う。

「できてますよ」

と、久美が差し出したのは、チヒロが送った画像データからつくったチュチュの等身大クッションだった。これが、チヒロの提案したオプションである。

「チーちゃん、さっきの会社のこと誰に訊いたの？」

ハンドルを握りながらルカが訊く。

「サーファーの友だちです」

助手席で彼女は、チュチュのクッションを膝《ひざ》に抱いている。その首には、ブラスの鈴の付いたリボンが掛けられていた。

な。

「女の子の友だちですよぉ」

陽がだいぶ西に傾いていた。車内にオレンジ色の陽光が射し込む。そう、湯のよう
「彼氏さん？」

「ずぅっと前ですけど、三洋自動車さまから発注の打ち切りの電話があった時、ルカ常務は、あたしのこと怒ったように見てましたよね」

ふと彼女がそんなことを呟《つぶや》く。

「気がついてたんだ」とルカは返す。「あたし、顔に出ちゃうほうだから。ごめん。あれ、ただの八つ当たりだったんだ」

「でも、あの時もすぐに〝ごめんね、チーちゃん〟って。いきなり謝られたんで、最初はなんだろう？　って思ったけど」

ふたりで声を上げて笑い合った。そのあとで、チヒロがそっと告げる。

「そういうのも含めて、みんなは常務のことが好きなんだと思います。真《ま》っ直《す》ぐで一生懸命なとこが」

ルカは照れ臭くなって話題を逸《そ》らすように、「仕事楽しい？」と訊いてみた。

「サイコーです」

「なら、よかった」

伝えられた鎌倉の住所の家の前に車を停める。

「このチュチュをお渡しする際にこうお伝えするつもりです」チヒロがこちらに顔を向けた。「〝猫や犬というペットは、飼い主によってまったく異なる一生を送ることになります。幸せな一生か、そうでないか……。ペルシャは、人の保護がなければ安全に生きられない存在です。あなたは、か弱くも愛らしい猫ちゃんの守護神でした〟と」

運転席からルカは、メイド姿の彼女がカチューシャをしたロングヘアをなびかせチュチュを届けに行くのを見送った。

3

「乾杯！」

「ドヤさん、お疲れさまでした！」

その年の暮れ、石戸谷が完全引退することになった。七十七歳。

「親方が社長職を離れたのが七十六。俺は長居しすぎたよ」

「そんなこと言って、これからも今までどおり週に二日くらいは、会社に顔を出してくれるんでしょ？」

とルカが言ったら、「そうなんだろうが、辞めるって言わないと給料を払わせることになるんでな」と笑っていた。「忘年会を兼ねて送別会をするから、好きなもの言って？」と訊くと、「スパゲティとかピザ」という応えが返ってきた。ほんと、男って幾つになってもパスタやピザが好きだ。それで、居酒屋風イタリアンを貸し切りにしてもらった。あの、工場をリノベした土手下の店だ。

清澄鋳造の社員、パート総勢五十名に、チヒロがMADEカフェのアルバイトの女の子たちを引き連れて花を添えた。

宴たけなわの頃、「ルカ」と石戸谷に声をかけられた。指先で、「あっち」とテラスのほうを示す。なにか話があるようだ。賑《にぎ》やかな店内から、ふたりでテラス席へと抜け出す。道を挟んで荒川土手の斜面が迫っていた。土手の上に、下弦の月が浮かんでいる。空気は冷たいが、アルコールで火照《ほて》った身体にはちょうどいい。まあ、少しの間ならだが。

石戸谷がウイスキーグラスを手にしたまま、テラスの木製の椅子にゆっくりと腰を下ろす。

「ドヤオジ、どうかした？」

ルカは赤ワインのグラスを丸テーブルに置くと、向かいの椅子に座った。

「あれは今年の初めだったか、親方の話をしたよな」

「ああ、聖火台のこと？」

石戸谷が静かに頷く。

「確かユウジイは、〝美しいってなんだ？〟って、ドヤオジに訊いたんだったよね？〝なあドヤ、美しいってなんだ？　おまえ分かるか？〟って」

石戸谷がまた頷いた。そして、手にしていたグラスの水割りを啜《すす》ると、テーブルの上に置いた。

「あれからふと思い出したんだが、後日談があった。東京オリンピックの開会式の日のことだ」

＊　＊　＊

一九六四年（昭和三十九）十月九日、勇三は水道橋の後楽園球場で開催された東京オリンピック前夜祭に招待された。招待などといっても入場無料で、夕方六時から始まった催しにはすでに大勢の人々が集まってきていた。

「三万数千人が入場しているようです」

と、東京オリンピック準備委員会の中島が教えてくれる。五年前より額《ひたい》がさらに後退したようだ。バックネット裏の観覧席上部の通路に白い布が掛かった机が並んでいて、そこが本部だった。机についている人は皆、赤い上着に白いハットという大会関係者の恰好《かっこう》をしている。中島もそうだ。不思議なことに彼は、陽が落ちているというのにサングラスを掛けていた。いや、それどころか先ほどから雲行きが怪しくて、上空は真っ暗である。球場のナイター照明が点灯しているとはいえ、黒眼鏡とはとんだ伊達《だて》ではないか。すると、彼がこんなことを言い出す。

「左目の具合が悪いんですよ。平らなはずの陸上トラックがでこぼこに見える。びっくりして医者に行ったら、中心性網膜炎《ちゅうしんせいもうまくえん》という診断でした。なんでも網膜の中心部にある黄斑《おうはん》に水が溜《た》まったり、むくみが生じる病気とか。原因はよく分からないらしいんですが、〝忙しい人間に起きやすい〟と医者に言われました」

中島は、聖火リレーに関する委員会のほか、五輪開会式、閉会式の中枢的な役割も担っているらしい。

「しかし、これから五輪本番だというのに、休むわけにはいかんですからね。医者には、〝オリンピックと目とどっちが大事か⁉〟と叱られましたが」

苦笑している彼の横顔を眺め、勇三は自分の勘違いを申しわけなく思った。

中島が、本部の横に置かれた氷水を張った大きな金《かな》だらいから缶ビールを二本取り出すと、缶切りで二ヵ所に切り込みを入れた。そして、「さあ、こちらへ」と案内する。彼について本部前の階段を数段降り、ふたつ並んであいている席に座った。

「本当は、職員は飲んではいかんのですが」

と苦笑が続く中島からビールを一本渡される。

「いいのですか？」

と勇三が言ったのは、目に障《さわ》りがあるのではないかという意味だった。

中島も解したらしく、「少しぐらい構わんですよ」と返し、乾杯のポーズをとった。

それで自分も軽く缶を掲げると、ぐびりと飲む。

「うまい！」

思わずそう口にしていた。

「お仕事のあとですか？」

と訊かれ、「はい」と応える。

「そう、仕事のあとのビールはこたえられませんよね」

「まったく」

「仕事中のビールも」

中島の言葉に、ふたりして笑う。

グラウンド上では子どもらの鼓笛隊《こてきたい》パレードが行われている。ビールを飲みながら、それをしばらく見下ろしていた。

「聖火台の件ですが、申しわけありませんでした」中島がグラウンドを見つめたままで言う。「東京オリンピックでは新しい聖火台が必要になるので、その際にはまたお声がけすると言っておきながら、アジア大会の聖火台がそのまま使われることになった。河野一郎《こうのいちろう》五輪担当大臣の〝あの聖火台をなぜ使わないんだ〟の鶴のひと声で決定しました」

「いや、あの聖火台はいいですよ」

と勇三もグラウンドに視線を送ったままで言った。心からそう思う。

「実は私もあの聖火台が使われればいいと思っていたんです。あれは美しい」

そこで、彼がこちらを見る。勇三が黙っていると、「相変わらずのようですね」と黒眼鏡の下の目が笑った。自分は相変わらず、美しいってなんだ？　という顔をしているに違いない。

グラウンド上では、浴衣《ゆかた》姿の人々による『東京五輪音頭』の大群舞が始まった。

オリンピックの顔と顔
ソレトトントトトント顔と顔

レコードの三波春夫《みなみはるお》の歌声に合わせ、一千人以上と思われる男女が踊り、観覧席は手拍子で応じていた。

背後から、「中島さーん！」と声がかかる。振り返ると、制服制帽姿の若い自衛官が五人、本部の横に立ってこちらを見ろしていた。

中島が手を上げ、「やあ、松下君《まつしたくん》！」と、真ん中にいる一番背の高い男に向かって応える。そのあとで勇三を促し、一緒に階段を上って彼らのもとに向かった。

「こちらがきみたちに話していた、清澄鋳造の清澄社長だ」

と勇三を紹介する。

ビールの缶を持ったままの勇三は、わけが分からないながら、「清澄です」と名乗った。

「彼らは航空自衛隊ブルーインパルスの精鋭です。明日の開会式で、国立競技場の上空にジェット機でスモークを引き、五つの大輪を描いてもらいます。どうです、前代未聞の演出でしょう？」

そう得意げに笑っている彼に向けて、「実行するほうの身になってくださいよ、中島さん」と松下と呼ばれた男が泣きつく。

「まあまあ」中島がいなしてから、「彼が編隊長の松下君です」と改めて勇三に紹介した。

「失礼しました、松下です」勇三に向けて敬礼する。「清澄社長は、航空兵だったと伺いました」

よけいなことを言いやがってと勇三は隣にいる中島を睨《にら》むが、彼はしらっとしている。

「航空兵といっても、赤とんぼに乗った程度ですよ」

仕方なくそう応えた。

「赤とんぼ——複葉式の練習機ですね？　自分も似たような機で訓練しました」

松下の対応はあくまで真摯《しんし》である。

話題を逸らしたい勇三は、「それにしても開会式の空に五輪か、それは大変だ」と口にしていた。

その時、後楽園球場の上空で低く雷鳴が響き渡った。

松下が頷くと、「赤坂見附の上空三〇〇〇メートルに、時速四六〇キロで水平に円を描く。直径一八〇〇メートルの輪ですよ。お互いが米粒にしか見えない五機が息を合わせるのは至難の業です。小さな雲ひとつで視界が遮《さえぎ》られ、距離が測れません。これまでの訓練は失敗続きで、明日はぶっつけ本番のようなものです」そうぼやいていた。

「おいおい、弱気なこと言うなよ」

中島が励ましても、彼らはうつむき加減だ。

空に閃光《せんこう》が走り、また雷鳴が轟《とどろ》いた。次の瞬間、さっきのビールを冷やしていた金だらいを引っ繰り返したような雨が落ちてきた。グラウンドで踊っていた人々が、四方八方に逃げ惑う。観覧席にいた客たちも、屋根のある通路に向け突進してきた。中島が空を見上げながら、「雨なら中止だな」と呟く。「雲があまり多くてもできない。かえって不様《ぶざま》なことになる」

不様という言葉に傷ついたのか、「明日は中止だ！」隊員のひとりが投げやりに言葉を吐き出した。

土砂降りの雨を見つめながら、「恥をかかなくて済む」もうひとりが安堵《あんど》したように言う。だが、そこには晴れ舞台が遠のく落胆も感じられた。

グラウンドの芝が張られている部分には水が浮き、土のところはみるみる泥濘《ぬか》るんでいく。

勇三はふと、松下に尋ねてみたくなった。

「どういう号令なのですか？」

呆然《ぼうぜん》と雨を眺めていた彼が、「号令？」とこちらに顔を向けて訊き返す。

「輪を描き始める時、あなたは隊員に号令をかけるはずだ」

「ああ、コールサインのことですね。それなら〝ブルー、スタートターン〟です」

「ブルー、スタートターン……」

勇三はそう呟き、照明が浮き上がらせる雨を見つめていた。

翌日、石戸谷を連れ、勇三は納品のために三輪トラックで青山通りを走っていた。建物もオリンピックのおかげで、この通りの道幅はもとの二倍以上になっていた。建物も電話局が高いほうだったのに、いつの間にかその何倍もの高さのビルがにょきにょき姿を現している。駐車場付きの大きなスーパーマーケットもできた。

上下線合わせて八車線になった青山通りをとろとろ流れていたクルマの列が、ついにどちらもまったく動かなくなってしまった。勇三の青いトラックも、その渋滞にはまる。

「今日が開会式だっていうのに、まだ工事してやがる」

運転席の窓から作業服の肘《ひじ》を突き出した勇三は、道の端をつるはしで掘っている様子を見やる。いったいどんな意味があって、ほじくり返してやがるんだ？　すぐ前に停まっているのはミキサー車で、生コンのドラムをゆっくりと回していた。

どこもかしこもコンクリートで固めちまって……。土や砂利道はすっかり姿を消しちまった。雨が降れば泥んこになり、風が吹けば砂埃《すなぼこり》が舞う、そういうのも景色ってもんじゃないのか。足もとの土を下駄《げた》でざくっと踏みしめるあの感触、あれは紛れもなくこの世にしっかと立ってる感触じゃないか――。まあ、ひたすら頑丈なものをつくろうっていう鋳物屋の俺が考えることではないかもしれないがな……。

その時、ふとなにかが分かったような気がした。

助手席に座っている石戸谷が、月賦《げっぷ》で買ったばかりの精工舎《せいこうしゃ》の腕時計に得意げに目をやる。ぴかぴかの腕時計は、薄汚れたランニングシャツの裾を作業ズボンに突っ込んだ装《なり》とはいかにも不釣り合いだった。

「親方、そろそろ始まる頃ですね」

そう言って、ラジオのツマミを引いた。午後三時を過ぎている。

「世界中の青空を全部東京に持ってきてしまったような素晴らしい秋日和《あきびより》でございます」途端にＮＨＫのアナウンサーの声が車内に流れた。

「親方、あれ！」

石戸谷がドアの窓から身を乗り出し、思いきり空を指さす。

勇三もフロントガラス越しから上目遣いに空を見ると、「おお！」思わず声を上げていた。そして急いで自分も窓から半身を出した。

目に染みるような十月の空だった。そこに大きな輪が現れた。青、黄、黒、緑、赤色の輪が次々に描かれる。五機のジェットは、ゆったりと楽しむかのように旋回していた。勇三の耳に松下の「ブルー、スタートターン」というコールサインが響く。やったな、あいつら——。

「美しい」

思わず、口をついてそんな言葉が出ていた。周りを見回すと、沿道にびっしりと人が並んで空を見ている。車から道路に出て空を仰ぐ者もいる。さっきまで道の端をほじくっていた工事の作業員も手を止め、空を眺めていた。家々の窓からたくさんの人が身体を乗り出している。ビルの屋上だけでなく、家の屋根に上っている人の姿もあった。みんなが揃《そろ》って東京オリンピックの空を見上げている。その途端、勇三の目に映っていた世界が変わった。まるで白黒から、志乃と観《み》にいった総天然色映画に変わったようだった。

誠はよく「美しい」という言葉を口にした。誠が目にしていた世界は、こんな色をしていたんだな。日常のさまざまなことに「美しい」を見つけたあの子は、感動できる才能があったんだ。俺は、なんと心揺さぶられることなく戦争のあとの世を生きてきたことか。

＊　＊　＊

「〝美しい〟って言ったの、ユウジイは？」

「ああ」石戸谷がルカに向けて頷いた。「五輪が浮かんだ空を見上げて、親方は確かにそう言った」

そこで、彼はテーブルからウイスキーのグラスを取り上げ、ひと口飲んだ。そして、また話を続ける。

「だが、空を見てそう言ったのか、なにか別のものを見てそう言ったのかは、分からん。しかし、これだけは言える。親方はだんだんに変わっていった」

「どんなふうに？」

「親方は質実剛健な、武骨なだけの人だった。実家を追い出されるように東京に出てきて、特攻で死にそこなったり、マコッちゃんを亡くしたりで、心の底から笑えないような思いを抱えてたのかもしれんな。ところがそれからは、ユーモアや茶目っけのある、なのに深みがある——つまりはだ、ルカの知ってる親方になったということさ」

志乃や満智子、石戸谷に話を聞いたことで、自分が知らない勇三の姿があったことに、ルカは驚くばかりだった。もちろん、これで勇三のすべてが分かったわけではない。それでも——。

「あたしの知ってるユウジイになったのは、東京オリンピックのおかげってことね」

石戸谷がゆっくりと頷く。

「親方だけではない。あの頃をがむしゃらに生きていた日本人にとって、東京オリンピックはでっかい夢の表れだった。新幹線が開通したのは開会式のわずか九日前。マラソンコースの工事中に現場監督が、〝おーい、もうやめていいぞ。最初の走者が来る〞と声をかけたんだと。誰もが、ぎりぎりで頑張っていた。世界中の人たちに向けて、自分の国を誇れるように。オリンピックという薪《まき》を、胸の奥の火にくべながら、な」

オリンピックといえば、トロリーリゾートの下平の中学生の孫娘が、おじいちゃんに続き聖火ランナーに選出されたそうだ。トーチのコンペには敗れたけれど、嬉しいことはある。勝つことのみでなにかが得られるわけではないのだ。そうじゃないか？そして今はこう理解している、トーチとは聖火という太陽を運ぶものなのだ、と。前の東京オリンピックで、その太陽を受け、燃え盛った聖火台は、新しい国立競技場の東側ゲート前に置かれている。

ＴＯＫＹＯ２０２０オリンピックは、あたしたちにどんな夢を与えてくれるかな。そして、あたしも静かに命の炎を燃やしたい。

＊　＊　＊

勇三が納品から戻ると、五つになった満智子が鋳物の砂場で遊んでいた。砂を掘ると、農作物のように鋳物が出てくる。子どもにしてみればそれが面白くて仕方がないのだ。女の子なのに、砂で道路や城をつくったりもする。満智子は、誠と違って活発だ。注湯所の隅には木枠の置き場があって、それを組み上げたりもする。転んで鉄屑《てつくず》で怪我もしたけれど、そんなのはおかまいなしだった。

「別れるのは悲しい。けれどもよ、また会うための別れなんだ。なあ、ユウさんよ」

仙吉にかけられた言葉を思い出す。

満智子が生まれても、志乃は勇三を「お父さん」と呼ばずに「ユウさん」と呼ぶ。自分も「志乃」と呼んでいた。誠を亡くした悲しみが消えることはないだろう。その悲しみも含めてこれからを生きていく。

そして二十四年後、勇三は注湯所で再び仙吉の「また会うための別れ」という言葉を思い出すことになる。

「どうだルカ、これが湯《ゆ》の色だ」

るつぼを恐れることなく見つめる三つの孫娘に向けて、そう声をかけた時に。

「うっちゅちぃね」

ルカが瞳を輝かせて言った。

4

「子ども時代の僕は、父から、我慢することを説かれ続けました」

年が明けて二〇二〇年（令和二）一月、MADEカフェを訪れた大村は、珍しく自分のことを語り始めた。

「将来的に大村鋳造工業を継ぐことになる者として、忍耐強さと我慢の必要性を徹底的に叩き込まれたんです。それで自分の気持ちを表さない、おとなしすぎる少年になり、逆に父を心配させたくらいです」

「今の大村社長からは、想像もつきませんね」

ルカがつくづくそう感想を述べると、大村は頭を掻いた。ふたりで、四つあるテーブル席のひとつに向かい合って座っていた。

「おとなしい反面、僕はスポーツが得意な少年でもあったんですよね」

大村少年は小学校のプール開きの際には水泳のデモンストレーションに指名され、運動会ではクラス対抗リレーのアンカーだったという。中学に入ると、陸上部からの誘いを断ってテニス部に入った。高校の三年間はテニス漬けである。

大学は理工学部の機械科に進学する予定だった。それを経営者向けの生産工学部管理工学科に進路変更させたのは、父親だった。入学してみると、なるほど経営者の二世、三世が多く集まっていた。

　大学でも、大村はテニス部に入部する。体育会の硬式テニス部は上下関係や練習が厳しかった。それでも、三年生でキャプテンになった大村は、それまでの伝統だった学ランをブレザーに変えた。怒ったOBたちから、これまでの功績を上回る実績を残さない限り除名すると宣告される。そして大村は関東連合の試合で、部創設以来初となる三位に輝き、OBを黙らせた。

　そういえば学生時代にテニスをしていたって言ってたな、とルカは思い出す。意外に本格的にやってたんだ。

「僕は確かに父の支配下にあった。そこから逃れられない分、反骨精神をほかで発散していたようなところがあります」

　卒業後は、アメリカに留学した。

「これも父の決定です。ボストンの大学も、ホームステイ先も父が決めました。東のビバリーヒルズ、西のウエルズリーといわれる高級住宅地で、環境がよかった。ホストファミリーの母親が女子大のテニスコーチで、〝リョウ、一緒に行く？〟と誘われ、女の子たちとよくテニスもしました」

「〝父の決定〟なんて言いながら、しっかり楽しんでいるように感じますけど」

ルカのツッコミに、大村がまた頭を掻く。

「でも、二年間の留学の中で、肌で感じたこの国の自由さや可能性は、アメリカ工場をスタートさせる精神的な支柱になりました」

それを聞いて、ルカは驚いた。

「アメリカに工場を出すんですか？」

「はい。今年の七月に」

「東京オリンピックの頃ですね」

「ええ」

すごい。さすが大村鋳造工業は、うちとスケールが違う。

「そういえば、アメリカと中国の間がバチバチしてるでしょ」

大村が言っているのは、米中貿易摩擦の件だ。

「それで、秋口から輸出量が減ってるんですが、ここに来て例のあれが追い打ちをかけてる」

「中国で広がってる新種のウイルスですね。日本でも感染者が確認されたってニュースで」

大村が頷いて、「清澄鋳造さんは、受注に影響出てますか？」と訊かれる。

「うちみたいな小さいところは、まだ」

なにかしばらく考えているようだった大村が突然、「実は、ひと目惚《ぼ》れでした」と言い出す。

「えっ⁉」

思わず声を上げたら、カウンターの向こうにいるメイド姿のチヒロが驚いてこちらを見た。

「最初にお会いして名刺交換した瞬間、すぐに二十三区内の住所にある清澄鋳造さんに注目しました。以前から、お客さまが便利に足を運べるビジター用のサテライト工場が都内に欲しかったんです」

「じゃ……」

「正直に言いますが、吸収目的で近づきました」

駅に近い立地がお気に召したのも、元が醬油蔵《しょうゆぐら》だった注湯所を〝オシャレ〟だとか〝レトロ〟だと評していたのも、すべては値踏みしていたということか。

「静岡の工場見学に招待してくださったのも……」そこで、ルカは息を吞《の》む。「もしかして、フルモールド法に出合わせてくれたのも、すべては吸収目的だったということですか？」

「フルモールド法を導入していただければ、うちの出先機関としてますます都合がいい、そう考えました。仕事を打ち切られたとおっしゃってたんで、こちらとしては勿《もっ》怪《け》の幸いでもあった」

なんということだ……。

大村が、ルカのほうを窺《うかが》うように見ると、「いや、失礼」とひと言詫《わ》びた。そうして、さらに告げる。

「工場《ハコ》だけ買うか？　清澄鋳造さんを丸ごと買い上げるか？　そこは、フルモールド法を自力でものにできる資質があるかどうかで見定めたかった」

だからルカがフルモールド法のレクチャーを懇願した時、突っぱねたのか。そして、大村鋳造工業に吸収されかねないほどに、清澄鋳造が崖《がけ》っ縁《ぷち》に立っていたのも事実。

「しかし、ニューフルモールド法、キヨスミシステムと、次々に道を切り拓《ひら》いていく貴社は、もはや手中にできる対象ではなくなった。こうして――」と店内を見回す。「鋳物屋のイメージを変えるような新規事業も打ち出している」

ふたりでしばらく黙っていた。

「申しわけありません」

改めて頭を下げる大村に、ルカは言う。

「謝っていただく必要はありません。今の清澄鋳造があるのは、大村社長のおかげなんですから」

すると、彼が上目遣いでこちらを見る。

「そう言っていただけますか？」

ルカはにっこり笑い、「はい」と返事した。

「よかったー」

互いに笑い合う。

「お会いしたばかりの頃ルカさんに話しましたが、父は大村鋳造工業を家業から企業としての鋳物屋に変革させようと生涯尽力しました。僕はそれを継承し、ひたすら会社を大きくしたいと考えています。父の支配を越え、自らの意思として、ね」

それを聞いて、ルカは口を開いた。

「祖父に言われて、あたしは外語大の英米語学科に進みました」

「ほう、理工系でも経営系でもなく、ですか。それは意外だ」

ルカは頷く。

「祖父にはどこかで、世界を相手にしたいという気持ちがあったのだと思います」

勇三が志願兵だったことは言わなかった。

「では、ルカさんもご祖父さまの意向で清澄鋳造を継ごうと思われた？」

「もちろんそれを否定するつもりはありません。けれど、あたしは太陽に導かれて鋳《い》物師《もじ》になったと思っています」

「太陽？」

ルカは頷く。

「湯の色に魅せられたんです」

大村がなにか思い出したようだ。

「あなたの抱く注湯のイメージは？　という僕の質問に、〝太陽を流し入れること〟と応えましたね」

彼が、また訊いてくる。

「ルカさんが目指す会社とは？」

「こう申し上げてはなんなのですが──」

すると大村が澄まし顔になった。襟を正すような素振りをし、「はい、伺いましょう」と、揃えた膝の上に両手を置く。

ルカはくすりと笑いそうになった。が、真顔に戻って伝えることにする。

「男性はロマンチストです。遥か頂上に辿《たど》り着けなくても、夢を見ることにロマンを感じます。でも、あたしは自分が登れる高さの山、いいえ、丘の上を目指します」

大村は黙って聞いてくれていた。

「丘の上を目指している間に、一緒に登っている仲間との絆《きずな》を強めていきます」

ふと、チヒロと視線が絡む。彼女が口角をきゅっと上げ、ルカは目で応えた。

「そう、あたしが目指すのは大きな会社ではなく、小さくても強い会社です」

エピローグ

「……ウエイト、ちょっとウエイトです」

マスクを着けた辰沼が慌てたように送話口に言い、急いで電話を保留にする。

「常務、大変です」

「どうしたの？」

「なにを言ってるのか分かりません」

マスクから覗《のぞ》いている目が、泣きそうである。

やはりマスクをしたルカが受話器を取ると、相手は、「ヘロー」と英語で話し始めた。

「ウエストコースト・ピクチャーズ・インダストリーズのロバート・マッケイだ」

ハリウッドのあの映画会社の⁉

「ヘロー、ミスター・マッケイ」

「ボブと呼んでくれ」

「では、ボブ」

ルカも自己紹介しながら呼吸を整えるのに必死だった。

「ルカでいいかな？」

「もちろんです」

「オーケー、ルカ。今日は本来なら、トーキョーオリンピックゲイムズの開会式だったんだよな」

そう、今日は二〇二〇年（令和二）七月二十四日だった。しかし、新型コロナウイルスによるパンデミックが加速、世界地図は感染により赤々と塗りつぶされた。東京も緊急事態宣言が発令され、都心から人影が消えた。静まり返った学校、一方で、食料品を買い求めに行ったスーパーでは入場制限の行列ができた。こんな光景を誰が想像しただろうか？　想像できなかったといえば、東京オリンピックの開催が延期されたこともそうだ。

命を守る期間が明けたが、パンデミックが終息したわけではない。目に見えない脅威は依然として日常の中にある。当たり前だったことが当たり前でなくなってしまった。清澄鋳造《ちゅうぞう》も自動車の減産で、部品生産が一時停止。それでも、〝チュチュ〟の件が『MADEカフェのメイドが魅《み》せた神対応』とマスコミにフィーチャーされて以来ネットでのオーダーが増えて、なんとか凌《しの》いでいた。そう、今は凌いで切り抜ける、それしかないのだ。

開会式が予定されていた今日は祝日である。しかし、ルカはこうしてなんとなく出社していた。そうして、こんな自分に付き合って、やはり辰沼も会社に出ているのだった。

「コロナのやつのせいで、エンターテインメントも痛手を受けた。だが、ストップしていた企画も動き出してる。トム・クルーズは宇宙で映画を撮るそうだ。国際宇宙《IS》ステーション《S》なら感染リスクが低い——そんなリスクヘッジを考えてのことじゃないんだろうがな」

電話の向こうでマッケイが、自らが発した面白くもないジョークにひーひー笑っていた。再開といえば、中断していた大村鋳造工業のアメリカ工場建設も再び進行しているらしい。

「ところで、マンハッタンのナニヨプープーで、プロジェクションマッピングを見た。それにトーキョートロリーランドのステッキの件を、LAのトロリー・ワールド・カンパニーの幹部から聞いたよ」と、今度は真面目《まじめ》な調子で彼が言う。「うちは歴史劇の撮影準備に入っている。スケールの大きい叙事詩《エピック》だ。それで、きみの会社の技術でぜひつくってほしいものがある。発泡スチロール製の甲冑《かっちゅう》と盾、剣だ。遠景用にね」

ルカは息を呑《の》んだ。

「ということは——」

「イエス。アップ用に、鉄でも同じものをつくってほしいんだ」

もはや自分は返す言葉を失っていた。

「鉄のなにが優れていると思う、ルカ？」

「硬く、強いから」

ルカはやっと応《こた》える。

「それだけでは正解とはいえない」と彼がダメ出しする。「答えは、鉄が圧倒的にたくさんあるからだ。地球の内核及び外核には鉄が多量に含まれている。我々が住んでいるのは、鉄の惑星なんだ」

——鉄の惑星。

「鉄の合金の中で最も重要なのは鋼鉄だろう」

炭素を含んだ鉄が鋼鉄だ。炭素により、鉄は驚くほど硬く強靱《きょうじん》になり、叩《たた》いて延ばせば極めてよく切れる刃物となる。

「日本語のハガネは、刃金に由来します」

「なるほど」とマッケイが納得していた。「刃には、相手の骨や鎧《よろい》さえ断つ硬さと、衝撃を受けても折れない粘り強さが必要だ。鋼鉄は、炭素が少ないと強靭だが軟らかくなり、炭素が多いと硬いが脆《もろ》い金属になってしまう。分厚くすれば丈夫にはなるが、重くなるので振り回すには不向きだ。この相矛盾《あいむじゅん》する条件を両立することに成功したのが日本の刀だ。製鉄技術は、日本で磨き上げられ、花開いた。日本刀はその神髄だ。刀の国、日本のイモノヤサンに、この映画の仕事を任せたい」

ここにも物語のあるモノづくりにこだわる人がいた。

「ぜひ」

とルカは応える。

淩いで切り抜けることだけがすべてではない。ひとりひとりが明るい未来を描く――なによりそれが必要なのだ。一九六四年、人々はオリンピックという薪《まき》を胸の奥の火にくべながら、がむしゃらに頑張っていた。ＴＯＫＹＯ２０２０オリンピックが延期した今、あたしたちは、心に希望という種を蒔《ま》こう。そしていつか大輪の花を咲かせ、みんなで喜びを分かち合おう。辰沼と目を見交わす。彼が頷《うなず》き、ルカも頷き返した。

「ところで、キヨスミチューゾーの規模を伺っておこう。社員数は何人だい？」

マッケイに質問された。

「五十名ほどです」

ルカの応えに、彼が驚きの声を上げる。

「ワォ！　スモールカンパニー‼」

そう、目指すのは小さくても強い会社だ。

あとがき

埼玉県川口市の青木町公園総合運動場に展示されている聖火台を見る機会がありました。この聖火台は、旧国立競技場の聖火台の単なるレプリカではなく〝兄弟分〟――製作過程で鋳型《いがた》に流し込んだ熔湯《ようとう》（溶かした金属）が噴き出してしまったものだそうです。夕陽《ゆうひ》の中でひっそりとたたずむ聖火台の兄貴分は、たいそう美しかった。その瞬間、僕は鋳物屋さんの小説を描きたいと思ったのでした。

執筆にあたり、多くのプロフェッショナルのお力を拝借しました。深く感謝しています。作中で事実と異なる部分があるのは、意図したものも意図していなかったものも、すべて作者の責任です。

株式会社NCネットワーク・内原康雄社長
友鉄工業株式会社・友廣和典会長
株式会社木村鋳造所・木村寿利社長
株式会社木村鋳造所・木村崇専務
株式会社木村鋳造所・梅澤芳幸常務

株式会社木村鋳造所・黒澤秀樹課長
東日本金属株式会社・小林亮太常務
綾瀬市産業振興部工業振興企業誘致課の皆さん
株式会社開田鋳造所・開田健太社長
有限会社アヤセ木型・栗原秋男社長
株式会社秦野鋳工所・秦野耕一社長
株式会社キャステム・戸田拓夫社長
株式会社メタマテ・長瀬友行ジェネラルマネージャー
株式会社ツバメックス・賀井治久元社長
HILLTOP株式会社・山本昌作副社長
HILLTOP株式会社東京オフィス・静本雅大支社長
オゾンセーブ株式会社・中西孝太郎社長
有限会社ティーケイトインターナショナル・金井加代子社長
高橋佳子さん

（社名は取材順、肩書はすべて取材当時です）

主要参考文献

木村博彦著『夢と挑戦　私の歩んだ鋳造人生回想録』木村鋳造所

『木村鋳造所八十年のあゆみ』木村鋳造所

『木村鋳造所九十年のあゆみ』木村鋳造所

『50周年記念誌「継続は力なり」』友鉄グループ

西直美、平塚貞人著『今日からモノ知りシリーズ　トコトンやさしい鋳造の本』日刊工業新聞社

西直美著『わかる!使える!鋳造入門〈基礎知識〉〈段取り〉〈実作業〉』日刊工業新聞社

中江秀雄著『新版鋳造工学』産業図書

山本昌作著『ディズニー、NASAが認めた　遊ぶ鉄工所』ダイヤモンド社

佐藤健太郎著『世界史を変えた新素材』新潮社

宮沢大典企画、編集、制作『太平洋戦争終結50周年記念誌　我等が青春の追憶　総集編』陸軍少年飛行兵15期生きくち会

大貫健一郎、渡辺考著『特攻隊振武寮　帰還兵は地獄を見た』朝日文庫

太平洋戦争研究会編著『零戦と日本航空戦史』PHP研究所

毛利恒之著『ユキは十七歳　特攻で死んだ』ポプラ社

柳生悦子著『日本海軍軍装図鑑［補塡版］―幕末・明治から太平洋戦争まで―』並木書房
石榑督和著『戦後東京と闇市　新宿・池袋・渋谷の形成過程と都市組織』鹿島出版会
太宰治著「美男子と煙草」新潮文庫（『グッド・バイ』所収）
太宰治著「トカトントン」新潮文庫（『ヴィヨンの妻』所収）
F・スコット・フィッツジェラルド著、橋本福夫訳『華麗なるギャツビー』ハヤカワ文庫
木田元著『闇屋になりそこねた哲学者』ちくま学芸文庫
本橋成一写真『炭鉱〈ヤマ〉新版』海鳥社
澤宮優文、平野恵理子イラスト『イラストで見る　昭和の消えた仕事図鑑』原書房
夫馬信一著、鈴木真二航空技術監修『1964東京五輪聖火空輸作戦』原書房
「1964年東京五輪伝言(3)」二〇一四年十月十二日付読売新聞朝刊
「時代の証言者　落語道を走る　三遊亭小遊三(1)、(2)」二〇一九年三月二十一日、二十三日付読売新聞朝刊

第三章で上野駅の地下道に現れる男の呟きは、「美男子と煙草」の一節を引用しました。

映像資料

制作著作BS-TBS、テレコムスタッフ『諸説あり！　知られざる東京オリンピック』

解説

増田明美

ルカに会いた〜い。何て魅力的な女性なのでしょう。容姿端麗、でも男の職人が多い鋳物《いもの》づくりに魂を捧げています。祖父から譲り受けた遺伝子もさることながら、常に新しいことにチャレンジするルカ。そんなルカが舵取《かじと》りを任された会社が下町の中小企業、清澄鋳造《きよすみちゅうぞう》です。清澄鋳造は小さな工場ですが、そこには日本の戦後の歩みを凝縮したような物語があります。日本はモノづくりで戦後の復興と驚異の経済成長を果たしました。そして現代に至ると、同じものを多く作る「少品種大量生産」から、オーダーメイドのような「多品種少量生産」へと移行します。清澄鋳造の歴史は日本経済史そのものなのですね。

でも社会は経済だけで動いているわけではありません。ルカの周りでも沢山の心の交流があります。価値観の違いでぶつかる人や同じ目標に向かう人、応援する人とされる人など、様々な人間関係が物語の中で絡み合います。でも生身の人間同士が心で向き合うことで多くのことを解決できることが分かります。それは液晶画面の中だけでは不可能な、普遍的な人としての営みなのでしょう。だから仕事も損得だけでなく、心で動く。ルカの熱い気持ちと鋳造の真っ赤に溶けた金属がまるで呼応し合うかのようです。溶けた金属を型に流し込む「注湯《ちゅうとう》」を見た幼いルカはそれを「うっちゅちぃね（美しいね）」と感じます。鋳造の申し子だと思いました。そして大人になると「太陽を流し入れる」と表現していますが、まさにルカ自身が太陽なのです。仕事ぶりの描写が細やかで、溶解炉の近くの熱い作業場にルカが立っている姿が浮かび上がります。集中していないと大きな怪我につながる緊張感。頭から爪の先まで全身全霊で仕事をすることで体の軸がしっかり安定し、どっしりと立っているルカ（インナーマッスルが鍛えられているので、きっとマラソンを走ったらいい記録でゴールすると思いますよ）。昔も今も、人の心を動かすのは熱意です。ルカの熱意と行動力が多くの人の心に響いていくのです。それは登場人物だけでなく、きっと読者にも。

さて、ちょっと視点を変えてみますが、私は鍋やフライパン、車の部品等々、私たちの生活に欠かせない鋳物がどんな風に作られているか知りませんでした。この本で鋳物の製造方法を知りました。知らなくても何も困らないのですが、知ることによって変わったことがあります。冬に時々活躍するウチのすき焼き鍋。砂型に溶けた鉄が流し込まれ、時間をかけて作られたんだなと思うと、鍋にも表情が見えてきます。使ったらサラダ油を塗って、棚の奥へしまいます。海外で買ったおみやげ物の金属の像。どんな人が砂型を作り、注湯して、どんな人が磨いてくれたのかなと想像するだけで、埃を拭きたくなります。こり）を拭きたくなります。モノづくりを知ることは日常生活にもうるおいを与えてくれるんですね。ただ日常生活が充実しても、仕事がうまくいかなければすぐに心のうるおいも乾いてしまいます。そんな中、仕事場のモチベーションをあげるルカのリーダーシップが素晴らしいです。時に経験豊富な年上の職人に厳しいことを言うことも。でもルカの一生懸命さを皆分かっているから、一瞬カーッとなってもまた頑張れる。若い人にはどんどんチャンスを与え、年上からも年下からも愛されるルカ。リーダーシップ論の教材としても読めちゃいそうですね。

そして、ルカのマネジメント手法に注目した単なるノウハウ本でなく、小説としてストーリーをドラマチックにしているのが「オリンピック」なのです。著者の上野歩さんから私に執筆依頼がきたのも納得。祖父の勇三とルカの人生を並行させることで、1964年の東京五輪の時代背景が分かり（ちなみに私は1964年1月1日生まれ）、ワクワクしました。国立競技場の聖火台を作りながらも採用されなかった勇三、2020年東京五輪の聖火リレー用のトーチ製造をあと一歩で逃したルカ。でもまたそこから学んで、未来の糧（かて）にしているところに勇気をもらいます。そして培った技術は川の流れのように脈々と受け継がれていきます。大河もあれば田んぼの小川もあるでしょう。その流れは1本ではありません。支流から別の山の水も流れ込み、土砂崩れでせき止められることもあります。清澄鋳造のルカの対応力は今を生きる私たちのお手本